KB059222

"그런데 릴리스?

나는 눈에 띄지 않도록
그런데 약속 상대는——
——닌자가 되어 있었
검은 옷을 입고 의욕이

"미행이라고 하면
그리고 은밀 행동
용의 대도서관에
그렇게 쓰여 있었

"그런데……."

나는 세 사람이 아닌, 멀리 있는 나무를 보며 말했다.

"네놈들은 누구지? 엿보기라니, 취미가 고약한걸?"

그러자 갑옷을 입은 남자 7명이 나무 뒤에서 모습을 드러냈다.
그리고 마지막으로 백은 갑옷을 입은 기사가
말을 타고 나오며 대답했다.

"나 말인가? 나는── 이 나라의 왕이다."

마을사람입니다만, 문제라도?

"I am a villager, what about it?"

Story by Arata Shiraishi, Illustration by Famy Siraso

시라이시 아라타 / 지음 시라소 파미 / 일러스트

5

그 차림은 뭐야?"

차분한 색깔의 원피스를 입고 나왔다.

—.

다.

ㅣ넘치는 릴리스가 자신만만하게 대답했다.

은밀 행동.

이라고 하면—— 닌자.

있는 동방의 책에도

어."

프롤로그

"선술과 금술의 병용으로 체내에 있는 위신(偽神)의 힘을 복합하여 구사——."

어슴푸레한 실내.

사방으로 10m쯤 되는 방안에 고급스러운 양탄자와 호화로운 장식품이 벽을 따라 걸려 있었다.

"——쉽게 말해서 아스트랄까지 완전 회복 및 파괴를 구사할 수 있습니다."

방 가운데 있는 원탁 위에는 지름 10cm, 높이 70cm 크기의 새까만 크리스털 12개가 설치되어 있었다.

"이상이 마인화 류토=맥클레인의 전력입니다."

그 자리에서 보고를 계속하던 모제스는 새까만 크리스털로 시선을 떨구며 한숨을 내쉬었다.

"통신 장치를 사용한 회의…… 나아가 블라인드 마술입니까. 여전히 신비주의를 고수하는군요."

『뭐, 그런 말 하지 마, 모제스 군. 이곳에 있는 환생자 대부분은 세계에서 나름대로 중책을 다하고 있으니.』

"뒤에서 세계를 조종하고 있다는 표현이 더 어울릴 것 같습니다만."

『그나저나 아까 그게 사실이라면…… 매우 위험하군요.』

"맞는 말씀입니다. 류토=맥클레인. 같은 환생자라고 하더라도 혼자서 대처하기는 힘들겠지요. 그 힘은 이미 지형 파괴의 영역이니까요."

『아니, 그쪽이 아니야.』

"그 말씀은?"

『그 마을사람보다 대재앙의 인공 발생이 더 문제다.』

『누군가가 인공 진화── 생명의 금기에 손을 대고 있어.』

『일찍이 인간은 생명으로 장난을 쳤지. 그 원흉이 되는 기술이다.』

『스테이터스와 스킬 같은 웃기는 제도의 세계를 만들어낸…… 원흉이기도 하지.』

『그것으로 이번 보고는 끝인가요? 지난번에 의뢰한 인공 진화에 관한 추가조사에 대해서는 제대로 해명되지 않았는데요? 모제스 씨?』

"……현재 조사 중입니다. 여러분, 닦달하는 상사는 미움을 산다고요?"

『설마 그렇지 않겠지만 인간── 용사의 인공 진화에 손을 대려는 무리가 있는 것이 아닐까 하는 생각이 들어서 말이지.』

『우리는 이미 선대 환생자가 제시한 길을 부정했다. 신이 될 생각은 없으니까.』

『뒷일은 이 대지에서 살아가는 자에게 자연히 맡기면 됩니다.』

"……그러한 당치않은 짓에 손을 대는 자들은 이미 없어지지 않았습니까?"

『모제스 군.』

『우리는 관대하네.』

『당신의 우수함은 인정합니다.』

『그냥 평범한 쥐새끼라면 일을 하는 동안에는 놔두겠지만, 역병을 퍼뜨린다면 숙청해야 하네.』

『그 마을사람은 당분간 보류하지요. 그럼 잘 지내시길.』

차례차례 크리스털에서 새까만 어둠이 사라져갔다.

그 모습을 모제스는 살짝 고개를 숙이며 지켜보았다.

그리고 마지막 어둠이 사라지며 모든 크리스털이 평소처럼 투명해진 것을 확인하고, 모제스는 그 자리를 뒤로했다.

모제스가 밖으로 나가자 그곳에는 드넓은 삼림이 펼쳐져 있었다.

이곳은 마계와 인간계의 경계이기에 인적이 드물었다.

모제스가 조금 전까지 있던 방도 고작 오두막 정도의 크기였다. 그나마도 나무들에 가려지도록 치밀하게 만들어져 있었다.

"정말 비밀주의인 노인들이군요."

건물을 돌아본 그는 망토를 휘날리며 걸어가기 시작했다.

잠시 걷다 안경을 오른손 검지로 슥 밀어 올렸다.

"감시역인 개입니까."

그는 어느새 나타난 회색 머리카락에 키가 작은 소녀에게 말을 걸었다.

"개? 뭐, 그렇게 되려냥? 사실 고양이다냥."

덥수룩한 고양이 귀가 움찔움찔 움직였다.

동그란 눈을 크게 뜬 수인이 장난스럽게 웃었다.

"그나저나 뻔뻔하게도 참…… 현재 조사 중입니다. 닦달하는 상사는 미움을 산다고요? 라니, 잘도 그런 말을 한다냥?"

"생명의 인공 진화를 조사 중인 건 사실이니 어쩔 수 없잖습니까?"

그 말에 고양이 귀를 단 소녀가 킥킥 웃었다.

"모두 모제스냥이 뒤에서 조종하는 거잖냥? 그분들도 알고 있으니까 경고를 한 거다냥."

이번에는 모제스가 킥킥 웃기 시작했다.

"노인들이야 멋대로 떠들라고 하지요."

"모제스냥? 그 말이 그들 귀에 들어가면 불온분자로 처리당할 거다냥."

그러나 모제스는 그 말을 무시하고 다시 안경을 밀어 올렸다.

"아직 경고 단계입니다. 제 이용가치는 그들도 잘 알고 있거든요."

그 말을 듣고 고양이 귀 소녀가 다시 킥킥 웃었다.

"아직은 그들의 허용 범위라는 거죠. 여기서 반걸음 더 내딛더라도 별 차이가 없습니다."

"그러니까 내가 모제스냥의 말을 위에 보고하면――."

"그럴 리는 없겠죠. 당신은 이미 그분들을 배신했으니까."

"후후……."

"그래요, 이렇듯 저를 감시하는 임무를 내팽개쳐놓고 있지 않습니까?"

"하하! 하하하! 고양이는 변덕스러우니까 언제 모제스냥을 배신할지 모른다냥?"

소녀에 이어 모제스도 다시 소리를 내어 웃기 시작했다.

"하지만 고양이는 노는 것도 매우 좋아하죠. 제 곁에서 따분하다고 느낀다면—— 마음대로 하시죠."

그러자 "하지만" 하며 수인이 복잡한 표정을 지었다.

"내가 재미를 보기 전에 모제스냥이 죽기라도 하면 곤란하다냥."

그 말에 모제스는 잠시 턱에 손을 대고 무언가를 생각했다.

"어차피 우리에게 주어진 선택지는 두 가지뿐입니다. 그들처럼 이곳을 내버리던가, 아니면 멸망의 길을 걷는 것이죠. 이왕 멸망의 길을 걷는다면 언제 숙청당해도 이상하지 않은 아슬아슬한 선위를 걷는 게—— 재미있지 않습니까?"

"하하! 하하하! 하하하! 모제스냥은 정말 성격이 비뚤어졌다냥!"

"칭찬으로 받아들이지요."

"원래는 학자였던가냥? 정말 특이하다냥. 환생자인 주제에 멸망해가는 이 세계에 머물며…… 그 말로에 개입하려고 하다니."

네, 모제스가 동의하며 주위를 감개무량하게 둘러보았다.

"후후, 이곳은 정말 재미있는 실험장이라고요."

"그나저나 '현자'인가…… 환생하기 전에 학자였던 모제스냥에게 잘 어울리는 직업이다냥."

그러자 갑자기 모제스가 멈춰 서더니 작게 부들부들 떨기 시작했다.

"딱히 환생하기 전에 학자였다고 해서 현자가 된 것은 아닙니다."

수인이 알겠다는 듯 손바닥을 짝 마주쳤다.

"아! 서른이 넘어도 동정이어서 현자가 되었다고 했던가냥?"

그러자 모제스는 부들부들 떨며 얼굴이 새빨개지더니―― 모기가 내는 듯한 목소리로 말했다.

"……그 이야기는 꺼내지 마십시오……."

마을사람입니다만,
"I am a villager,
what about it?" 문제라도?
Story by Arata Shiraishi, Illustration by Famy Siraso

마을사람입니다만 문제라도?

"I am a villager, what about it?"

Story by Arata Shiraishi, Illustration by Famy Siraso

시라이시 아라타 / 지음
시라소 파미 / 일러스트
이서연 / 옮김

5

"I am a villager, what about it?"

Story by Arata Shiraishi, Illustration by Famy Siraso

C o n t e n t s

농민입니다만, 문제라도?

"I am a villager, what about it?"
Story by Arato Shiraishi, Illustration by Famy Siraso

'최근 들어 괜찮은 의뢰가 영 없단 말이지…….'

오랜만에 아르테나 마법학교의 식당에서 아침을 먹고 있던 나는 아침과 함께 무료함을 곱씹고 있었다.

바로 얼마 전까지 길드의 의뢰를 처리하기 위해 바쁘게 돌아다녔지만, 그것도 이젠 옛날이야기. 더 이상 의뢰다운 의뢰가 남아있질 않은 탓에 나는 강제로 휴식을 취해야만 했다. 물론 이렇게 평화로운 것도 나쁘진 않지만, 역시 길드 랭크를 재빨리 올릴만한 의뢰가 아니면 의욕이 나지 않았다.

거기에 어차피 나도 학생인 이상 학교를 마냥 땡땡이칠 수는 없었다. 혹 출석을 게을리하다 유급이라도 하면 대참사니까.

결국, 나는 어쩔 수 없이 성실하게 학교생활을 하기로 했다.

참고로 그간 분주하게 뛰어다닌 덕분에 나는 길드 랭크를 D로 올릴 수 있었다. 떠벌리면 귀찮아질 것 같아서 나는 그냥 다물고 있기로 했지만.

학생이 D랭크에 올랐다는 게 알려지면 소문이 아니라 소동이 일어날 거다.

"……그나저나 요전의 간사이렌고 건은 어떻게 됐어?"

작은 그릇 몇 개가 실린 쟁반이 내 옆자리에 놓였다.

그리고는 릴리스가 내 옆자리에 자연스럽게 앉았다.

"내 예상대로였어. 그런데 릴리스?"

"……왜?"

"어째서 릴리스의 무릎 위에 리즈가 있는 거야?"

인형처럼 리즈를 안고 있는 릴리스.

리즈는 졸린 눈으로 릴리스의 무릎 위에 앉아 있었다.

릴리스가 다정하게 리즈의 머리를 쓰다듬으며 말했다.

"……감촉이 최고야."

"그럴 줄 알았어."

릴리스의 로브에 달린 모자도 고양이 귀같이 생겼으니 짐작은 했다만.

툭 까놓고 말해, 그녀는 동물이 좋아 어쩔 수가 없는 성격이다. 리즈는 수인 미소녀니까 릴리스가 좋아하는 것도 당연했다.

나는 릴리스의 묘한 집착에 질색했다.

그녀가 무릎에 안고 있는 리즈는 수인 나라에서 귀한 혈통인 모양이다.

지금은 머리를 쓰다듬는 릴리스의 손길을 느끼며 꼬리를 흔들고 있지만, 얼마 전까지 슬럼가에 버려져 있었다—— 생각만 해도 사정이 복잡한 소녀이다.

나는 그녀의 정체에 이런저런 생각이 들었지만, 지금은 놓아두기로 했다.

"의외로 둘이 성격이 잘 맞나봐? 리즈도 쓰다듬어주니 좋아하는 것 같고."

릴리스가 고개를 끄덕이며 동의했다.

"……우리는 언제나 함께야. 목욕도, 자는 것도."

릴리스의 일방적인 애정으로 리즈가 곤란해할 줄 알았는데 그렇지도 않은 모양이다.

"……그리고 스킨십도 해."

"……스킨십이라니?"

릴리스 의미심장한 웃음에 불길한 예감이 든 나는 황급히 리즈를 눈으로 살폈다.

그리고는 이내 리즈의 허벅지에서 발견한 '이상'에 기겁했다.

──키스 마크였다.

틀림없는 키스 마크였다.

"릴리스…… 너…… 설마……!"

"……왜 그래? 류토?"

"아, 아니, 그…… 아니야."

나는 결국 허벅지의 키스 마크는 모른 척하기로 했다.

아니, 릴리스가 여러모로 특이하다는 건 알고 있었지만.

얼마나 특이한지는 나도 모른다.

아니, 알고 싶지 않다.

바로 요전에도 자꾸 내 식기가 없어지길래 릴리스를 추궁했더니 내가 쓰고 난 식기를 몰래 모아두고 있었다는 경악의 사실을 털어놓았다.

하지만 그때도 훔친 식기로 대체 무얼 했는지 차마 물을 수 없었다.

내가 그 녀석의 입에서 진실을 들었을 때, 더는 같이 여행을 다닐 수 없으리라는 확신이 있었기 때문이다.

세상에는 몰라도 되는 일도 있는 법.

아니, 모르는 편이 나은 일도 있는 법이다.

결국 나는 또다시 리즈의 키스 마크를 모른 척했다.

"……뭔데? 왜 그래? 류토?"

"아니, 그러니까…… 응. 됐어. 딱히 아무것도 아니야."

그러자 내가 무얼 말하고 싶었는지 알아챘는지 릴리스가 고개를 작게 끄덕였다.

"……아, 리즈의 키스 마크? 그렇구나. 이게 신경 쓰였구나. 별거 아냐——."

릴리스가 잠시 뜸을 들였다.

"그저 조금—— 할짝거렸을 뿐."

"뭣?!"

"——아니, 쪽쪽 빨았을 뿐. 그것도 공들여서."

"터무니없는 아동학대잖아!"

"……학대?"

"성적학대라는 말 몰라?!"

릴리스가 이해할 수 없다는 듯 고개를 갸웃했다.

"수인은 자신의 손발을 핥아 닦는 습성이 있어."

"그래서?"

"어제 리즈는 꼼꼼하게 허벅지를 핥았어. 아마 그것이 원인."

"으응……?"

"그런데 류토? 그러다 생긴 키스 마크가 어째서 성적학대가 되지?"

아무래도 내가 너무 섣불렀던 모양이다. 나는 곰곰이 생각하며 팔짱을 꼈다.

"아니, 저기, 뭐라고 해야 할까."

"설마……"

릴리스가 숨을 죽였다.

"……내가 리즈를 상대로 야한 짓을 했다고?"

"…………."

입을 다문 나를 보며 릴리스가 놀라 숨을 들이켰다.

"리즈는 어린아이야. 귀엽다고 느끼는 게 당연해. 하지만 그렇다고 리즈를 보며 성적 흥분을 일으키지는 않아. 오히려 류토가 그런 말을 꺼내기 전까지 상상조차 못 했어. 즉……."

"즉, 뭐……?"

"평소에 류토가 어린이를 엉큼한 눈으로 보고 있다는……."

"헛소리 작작 해라!"

나는 릴리스의 머리를 강하게 찰싹 때렸다.

그러자 릴리스는 울먹이며 볼을 부풀렸다.

"……류토?"

"왜?"

"……너무 세게 때렸잖아…… 아파."

하지만 이내 곧 그녀의 얼굴은 황홀한 표정으로 바뀌었다.

"하지만 그게 좋아. 나는—— 류토에게 맞는 게 좋아."

"제길, 진성 마조히스트가!"

내가 질색하고 있자니 리즈가 릴리스의 다리 위에서 킥킥 웃기 시작했다.

"리즈, 뭐가 그렇게 웃겨?"

"아니요, 참 사이가 좋다고 생각해서요."

참고로 우리는 리즈가 릴리스의 사촌이라는 설정을 붙였다.

그녀를 기숙사에 들이려면 그만한 이유가 필요했기 때문이다.

마침 이 기숙사는 친척이라고 둘러대면 며칠 정도 머물 수 있었기에 리즈는 릴리스의 친척이 되었다.

뭐, 일단 릴리스는 이 학교의 특등생이기도 하고 저번 귀신 습격 사건에서 공을 세워 명예 칭호도 받은 참이니 아마 일주일 정도는 기숙사장도 눈을 감아주리라.

물론, 그 이후를 생각하면 슬슬 리즈의 거처를 찾아야만 하므로 한창 골머리를 앓고 있는 참이지만.

"다시 본론으로 돌아가자, 릴리스. 환생자 말인데……."

환생자라는 말에 리즈의 귀가 쫑긋 움직였다.

응……? 왜 리즈가 반응하지?

그러나 내 의심이 깊어지기 전에 릴리스가 먼저 입을 열었다.

"……어쩔 거야? 앞으로도 이런 식이면 코델리아=올스톤을 언제까지 지킬 수 있을지 알 수 없어."

"그러게 말이다. 슬슬 내가 지키는 것도 한계인 것 같고."

"……그럼 어떡해?"

"조만간 다시 그 녀석과 이야기를 해봐야 할지도 모르겠군. 용사의 책임과 자기 목숨 중 어느 쪽이 중요한지를."

"……만약 그녀가 류토의 말에 따르면?"

나는 잠시 생각하고 어깨를 으쓱했다.

"글쎄? 같이 아무도 모를 시골에 숨어 산다던가?"

"……류토는 세계 최강의 일각. 류토가 원한다면 무엇이든 손에 넣을 수 있어. 그런 여자 하나쯤은 그냥 내버려 두어도 돼. 저기, 류토? 전부터 묻고 싶었는데, 어째서—— 소꿉친구를 그렇게까지 챙기는 거야?"

그 말에 소꿉친구의 얼굴이 떠오른 나는 무심코 피식 웃었다.

역시 둘이 많이 닮았군.

얼굴이 닮은 것이 아니라, 분위기가 닮았다.

그런 생각을 하면서 나는 고개를 가로저었다.

"글쎄다?"

아무리 릴리스라도 이것만큼은 말할 수 없다.

나에게도 프라이버시가 있다.

그런 감상적인 이유를 말할 수 있을 리 없잖아.

그때 식당 안에 큰소리가 울려 퍼졌다.

"맥클레인 학생!"

기숙사장이 성큼성큼 걸어와 나의 앞에 섰다.

"무슨 일이지?"

"면회다."

"면회? 나를?"

대체 누가 마법학교까지 나를 만나러 온단 말인가.

기숙사장은 아까와 같은 커다란 목소리로 고함 치듯이 말했다.

"셜리=맥클레인…… 너의 어머니라 주장하는 터무니없이 젊은 여성이다!"

그 말을 듣고 찾아간 면회실에는 금발 웨이브의 미인이 앉아 있었다.

틀림없는 류토=맥클레인의 어머니였다.

★

어머니의 이야기는 대충 이런 느낌이었다.

코넬리아의 집인 올스톤 가가 용사의 지원금으로 벼락부자가 되기 전부터 약간 으스대고 있었다.

마치 그림으로 그린 듯한 졸부의 느낌이었다.

아무튼, 농지와 농노를 사 모아 귀족 같은 생활을 누리던 모습까지는 기억이 있는데, 듣자 하니 그 이후로 더 심해진 모양이다.

마을에 올스톤 농장이라 불리는 광대한 농지를 만들어 농노를 대량으로 고용했다.

땅을 사들일 때부터 계획적으로 꾸린 농지였기에 올스톤 농장은 엄청난 수확량을 자랑하는 대 농장이 되었다.

근데 그게 문제였다. 그 압도적인 수확량이 인근의 밀값을 떨어트리는 요인이 된 것이다.

이 세계에서 밀은 각 지역에서 재배해 각자 소비하는 물품이다. 그렇기에 수요를 웃도는 생산량, 즉 잉여분을 타지역에 팔기란 사실상 불가능하다.

그러다 보니 결국 마을의 밀 공급이 대폭 늘어나 가격 하락을 불러왔다. 이는 곧 농민들의 생계에 지장을 주기 시작했다.

이런 와중에 끔찍하게도 코델리아의 아버지는 마을 사람들의 전답을 담보로 금전 대부를 시작했다.

집이 기울던 차에 이자와 함께 변제를 위한 지출이 점점 늘어갔다.

빚의 변제 시기가 되자 마을에 여러 집이 무너지기 시작했다.

빚을 갚지 못해 전답을 빼앗겼다.

머지않아 마을은 밭을 잃은 일용직 농민의 소굴이 되고 말았다.

"그래서, 마을 상황이 안 좋은데도 굳이 날 찾아온 이유가 뭐야?"

어머니는 순진하게 싱긋 미소를 지었다.

"올스톤 씨의 집에 배송 온 코델리아의 편지에 네 이야기가 있지 뭐니! 우리 아가가 어떻게 지내는지 알고 나니 도저히 참을 수가 없었단다!"

"아니, 제발 아가라고 하지 마……."

"그런데 우리 아가는 왜 엄마에게 편지 하나 안 보냈을까?"

아무래도 내 말을 들을 마음이 없는 모양이다.

날 대하는 태도가 옛날 그대로다.

원래도 아들에 대한 애정이 남들보다 다소 격했는데, 전혀 변하지 않았다…….

"아, 그러고 보니 연락을 전혀 안 했네."

"류토? 엄마는 우리 아가가 여기에 있다는 것조차 몰랐단다?"

"으음, 그게…… 여러모로 죄송합니다."

솔직히 싹 잊고 있었다.

아니 어쩔 수 없던 시기도 있었다고?

용의 마을에 있었을 때는 그렇다 쳐도, 그 이후에는 인간의 거주지에서 떨어진 장소만 돌아다니느라 연락할 방법이 전혀 없었는걸.

그러다 보니 집에 편지를 보낸다는 생각조차 머릿속에서 사라졌고…….

말하자면 혼자 자취하느라 바쁜 사회인이 점차 부모님에게 연락하지 않는, 그런 거다.

그런데 이런 상황이 되어있을 줄은.

고향에는 마물도 거의 없다 보니 멋대로 괜찮겠지 하고 방심했다.

설마 코델리아의 부모님이 그런 야비한 수법까지 써가며 돈에 집착하는 인간이 되어있을 줄이야.

"정말 죄송합니다. 설마 저희 때문에 그런 상황에 치닫고 있을 줄은⋯⋯."

내 옆에 앉아 있던 코델리아가 꾸벅 고개를 숙였다.

"코델리아의 탓이 아니란다."

"아니, 제 탓이에요. 아버지는 돈이 생기고 나서부터 이상해지셨습니다. 어머니는 그래도 괜찮으신 편이었지만, 아시다시피 마음이 약하셔서 아버지에게 자기 의견조차 제대로 말하지도 못하시니까요."

뭐, 돈이 생긴 인간은 그러기 마련이지.

전생 전에 만났던 얼굴 몇이 머릿속에 떠올랐지만⋯⋯ 이내 생각을 지웠다. 떠올려봤자 우울해질 뿐이었다.

코델리아가 주먹을 꽉 쥐었다.

"아버지는 지금 밀의 거래 건으로 상담(商談)을 하러 이 마을에 머물고 있습니다. 제가 아버지에게 가서 직접 담판을 짓겠어요. 주민들에게 빼앗은 토지를 돌려주도록⋯⋯."

어머니는 그 말에 고개를 가로저었다.

"그래서는 근본적인 해결이 되지 않는단다."

"무슨 말씀이시죠?"

"이 사태는 밀의 가격 붕괴가 원인이란다. 밀 가격이 이전 대비 90% 수준이거든. 뭐, 가격이 낮아진 덕분에 생산량이 많은 올스톤 씨의 집은 판매가 늘면서 도리어 이득을 보고 있는 모양이지만."

나는 숨을 죽였다.

애초에 그 마을 자체가 가난한 마을이었다. 흉작이 아니더라도 늘 아슬아슬한 수준이었다.

그런데 거기서 수입이 10% 줄었다.

순이익이 아니라 매출이 줄어든 거다. 남는 돈이 줄어든 정도가 아니라 나가야 할 돈이 부족해졌다는 이야기다.

비료며 생활비 등 고정 지출은 변하지 않으니까.

빚더미에 오르는 것도 아마 한순간이겠지.

"즉, 더는 혼자서 농사를 지을 수 없다는 거군."

"이제 올스톤 가의 소작농으로 들어가는 건 기본이고, 아이는 노예상에 팔리는 게 당연해졌단다. 인간으로서의 존엄도 지킬 수 없는 생활이야. 어머, 걱정하지 말렴. 엄마는 오늘 류토가 무사한지 알고 싶어 왔을 뿐이란다."

어머니는 울적하게 천장을 올려다보고는 자리에서 일어섰다.

"아니, 잠깐 어머니. 마을이 그 꼴이라면서 어디로 가려는 거야?"

"이제 정말 생활이 어려워서 말이야. 실은 유곽에서 돈을 벌려고 여기까지 온 거란다. 슬슬 나가지 않으면 면접 시간에 늦겠구나."

맙소사! 절박하다지만 그런 극단적인 선택을 하다니!

아무리 그래도 그런 일을 하게 놔둘 수는 없다.

후우── 나는 한숨을 내쉬었다.

"잠깐만, 어머니."

"왜 그러니, 류토?"

"몸을 팔다니, 그만둬. 아니, 그런 말 꺼내지도 말아. 아들 심정이 어떻겠냐고."

"하지만 밥을 먹고 살려면…… 결단해야 한단다."

그 말에 나는 다시 깊은 한숨을 내쉬었다.

"어머니, 여기 어머니의 아들이 있잖아?"

"응?"

"이제 나도 어린애가 아니야. 자식 된 도리가 있지, 어머니가 그런 일을 하도록 놔둘 만큼 후레자식이 아니란 말이야."

그 말에 어머니는 눈을 크게 뜨고 입을 떡 벌렸다.

"류토……?"

"부탁이니까 제발 이럴 때는 나에게 말하라고. 제대로 편지도 보내지 않은 불효자 녀석이지만, 가능한 한 돈을 마련해서 가계를 책임질 테니까."

"류토!"

어머니의 눈에 눈물이 고이더니, 의자에 앉아 나를 끌어안았다.

"정말 잘 컸구나!"

직후 어머니의 풍만한 가슴이 시야를 가득 채웠다.

어머니가 갑자기 강하게 끌어안은 탓에 가슴과 가슴 얼굴이 사이에 파묻힌 것이다.

"어머니! 가슴! 가슴이!"

웅얼웅얼 말하며 나는 어머니를 떼어내려고 했으나, 어머니는 더욱 강한 힘으로 나를 끌어안았다.

"역시 내 눈은 틀림없었어! 편지를 보내지 않긴 했지만, 자기 돈을 엄마를 위해 쓴다니…… 역시 우리 아가는 여전히 엄마를 사랑하는구나! 엄마바라기구나!"

이런, 큰일 났다.

어머니의 눈이 하트가 되었다…… !

등줄기에 식은땀이 흐르는 게 느껴졌다.

──변함없는 사람이라 생각은 했다만, 설마 그 병적인 집착도 아직 남아 있는 건가!

"아무튼, 좀 놓아 줘! 너무 말하기 불편하잖아!"

간신히 어머니를 떼어내자, 어머니는 갑자기 울적한 표정을 짓고 천장을 올려다보았다.

"말만이라도 엄마는 기쁘단다. 엄마는 류토의 마음만으로 충분해."

주머니에서 시계를 꺼내더니 "시간이 됐네……" 하고 어머니는 바깥쪽을 바라보았다.

"아니, 입만 산 게 아니라……."

"후후, 허세 부리기는…… 그런 면은 아버지와 쏙 빼닮았네."

"아니, 그러니까, 허세가 아니래도?"

"밭을 되찾기 위해 금화가 얼마나 있어야 하는 줄 아니? 한둘로 끝날 수준이 아니란다."

글쎄, 어머니가 말하는 그 '금화 따위'는 이미 몇백 개 단위로 가지고 있다니까?

그러나 솔직하게 '수백 개는 있는데?' 하면 도둑질이라도 했나 의심을 살 게 뻔했다.

"모험가 길드에서 그럭저럭 벌고 있으니까 괜찮아."

"후훗. 정말 큰소리만 치는구나. 마법학교의 학생이 길드에서 용돈을 번다고 해봤자 뻔한 금액이잖니."

제길, 말이 통하질 않는군.

아니 상식적으로는 어머니의 말이 맞지만.

내가 아무리 주머니가 두둑하다 한들, 시골에서 사는 어머니에게는 상상하기 힘든 광경일 것이다.

"아니, 그러니까……."

그때 코델리아가 도움의 손길을 내밀었다.

"아주머니? 조금만 기다려주시면 안 될까요?"

"응? 어째서?"

"제가 어떻게든 해볼게요."

그러며 코델리아는 나를 향해 싱긋 웃으며 윙크를 했다.

그런가!

코델리아가 용사인 점을 이용하면 되는구나.

"봤지? 용사님이 도와준다잖아. 그러니까 어머니, 오늘은 코델리아를 믿고 얌전히 집으로 돌아가 줘."

나는 코델리아에게 빌렸다고 둘러대며 어머니에게 대은화 다섯 개(일본으로 치면 50만 엔 상당)를 쥐어 주고 얌전히 돌아가라고 신신당부했다.

어머니가 돌아간 뒤, 나와 코델리아는 도시의 큰길로 향했다.

큰길을 따라 대광장 접어든 우리는 근처에 있는 커다란 상점의 문을 두드렸다.

상담을 위해 왔다는 코델리아의 아버지가 있는 곳이다.

응접실로 안내를 받은 우리는 소파에 앉아 코델리아의 아버지와 마주했다.

"코델리아, 오랜만에 보는 소년을 데리고 왔구나? 류토 맞지?"

"잘 지내셨습니까, 올스톤 아저씨."

"흠……."

아저씨는 콧수염을 손으로 만지며 나를 머리끝부터 발끝까지 훑어보았다.

"행방불명이 되었다고 들었는데 살아 있었구나."

"뭐, 덕분에."

그러자 아저씨는 갑자기 깔보는 눈빛으로 코웃음 치기 시작했다.

"그래서, 뭐지? 질리지도 않고 여전히 옛날처럼 코델리아 주변을 어슬렁거리고 있는 게냐? 너도 이제 어린애가 아니잖아? 주제를 알아야지!"

이윽고 화가 차올랐는지 코델리아의 아버지가 관자놀이에 핏대를 세우며 소리치기 시작했다.

마치 쓰레기를 보는 듯한 눈이었다.

"그림의 떡이란 말이다! 무슨 소린지 모르겠나?! 만질 수 없으니 그림의 떡이라는 거다! 그래, 코델리아와 사귀면 돈도 신분도 원하는 대로 들어오겠지! 무엇이든 손에 들어올 거다! 그러나 인간에게는 분수라는 게 있어!"

사람이 달라졌다는 말을 듣긴 했다만…….

아무래도 이 인간은 생각 이상으로 변한 모양이다. 코델리아가 겪을 고생이 훤하군.

아니, 이미 겪는 중이겠구나.

"아버지!"

코델리아 역시 관자놀이에 핏대를 세웠다.

역시 부녀라는 건가…… 이런 점은 닮았군.

"코델리아, 너도 그래! 아직도 이런 마을사람과 다니다니 무슨 생각을 하는 게냐! 네 처지를 생각해!"

"당신이야말로 무슨 생각이야! 너무 창피해서 고향으로 돌아가지도 못하는 내 기분은 생각한 적 있어?!"

"이놈이! 부모님에게 당신이라니 무슨 말버릇이야!"

"됐으니까 마을의 상황이나 해결해! 악독한 장사에 다들 크게 고생하고 있잖아?!"

"너야말로 농원에 얼마를 투자했는지 알기나 해?! 인제 와서 물러설 수도 없어! 애초에 이 세상은 돈과 권력을 지닌 인간이 이기게 되어있다! 용사라도 바꿀 수 없는 불변의 섭리란 말이다!"

"아, 정말 화나네! 밖으로 나와!"

웬일로 코델리아가 크게 화를 냈다.

이러니저러니 해도 평소에는 냉정한 녀석인데. 그간 쌓인 원망……이라기보다는 울분이 많았던 모양이다.

슬슬 물러날 때인가…… 나는 그녀의 어깨에 손을 올렸다.

"이제 됐어. 말해도 소용없을 거야. 돌아가자, 코델리아."

"결국, 말도 못 붙였네."

상점에서 돌아가는 길에 코델리아가 타박타박 걸어가며 말했다.

"옛날에는 저런 사람이 아니었는데……."

"뭐, 돈이 생기면 저렇게 되는 법이야. 이미 사치가 몸에 익었으니 농노나 다른 사람들을 착취하는 짓은 그만두라고 해도 듣지 않겠지."

"옛날로 돌아갈 수는 없으려나…… 어떻게 하지?"

"할 수 없지. 어차피 시작한 일이니 끝까지 해볼까."

"뭘, 어떻게 하게?"

"내가 마을사람들을 전부 책임질게."

"…………?"

"대신 너희 아버지가 자칫하면 파산할 수도 있는데 괜찮아?"

그러자 코델리아는 눈을 크게 떴다.

"파산이라니? 어쩌려고?"

"아니, 그냥……."

"그냥이라니……."

코델리아는 잠시 입을 다물더니 이내 고개를 끄덕였다.

"네가 하겠다면 어떻게든 되겠지. 좋아── 마음대로 해."

"마음대로라니…… 혹시나 해서 미리 말해두는데, 나는 철저하게 할 거다?"

그 말에 코델리아는 하늘을 올려다보며 아득한 눈으로 한숨을 내쉬었다.

"그 사람은 한 번쯤 따끔한 맛을 보는 게 좋아. 그래서, 어떻게 할 건데?"

"뭐, 현 상황을 요약하자면 다들 밭이 없다는 거잖아?"

"그렇지."

"그럼 밭을 만들어야지."

"……밭?"

★

사방이 온통 모래와 자갈인 드넓은 땅.

이곳은 아르테나 마법학교에서 걸어서 반나절 거리에 있는 황야다.

본래는 곡창지대라고 불리던 곳이었으나 전쟁을 겪고 난 뒤로는 폐허가 되어 그냥 방치되어 있었다.

물론 폐허라고는 해도 밭으로 썼던 흔적이나 수로가 남아 있기에 농사짓기에는 그야말로 최적의 장소였다.

긴 시간 방치된 탓에 땅이 죽긴 했지만.

그래서 내가 할 일은——.

"스킬: 농작물 재배 Lv. 15, 선술식을 병렬 기동!"

"……모두 승낙."

바로 농민 스킬을 이용한 초고속 토양 재생이다.

정확하게는 공기 중의 정기를 통해 얻은 MP를 다시 정기로 바꾸어 대지로 흘려보내는 작업이지만.

상당히 고도의 술식을 써야 하므로 릴리스의 도움이 꼭 필요했다.

먼저 나는 가지고 있는 모든 MP를 이 폐허에 불어 넣었다. 땅은 엄청난 속도로 내 MP를 흡수했다. 뭐 그래도 기껏해야 5헥타르나 되려나.

나는 이어서 선술을 이용해서 공기 중의 정기를 빨아들였다.

최소 500헥타르 정도는 복구해야 하므로 어쩔 수 없이 대기의 정기를 빌려야 했다.

"저기, 류토? 뭐 하는 거야?"

나는 땅에 손바닥 딱 붙인 채 대답했다.

"정기를 이용해 땅을 되살리고 있어. 일일이 땅을 가꿔서 살아나기를 기다렸다간 모두 굶어 죽을 테니."

"아니, 그게 아니라……."

"아, 이거? MP를 빌리고 있는 거야."

코델리아 정도의 실력이라면 투기술을 통해 공기 중에서 내 머리로 흐릿한 빛의 입자가 흘러들어오는 모습을 볼 수 있을 것이다.

간단히 말하자면 공기 중에서 MP를 무한히 흡수하고 있는 거다.

사에구사도 같은 원리로 신을 몸에 내리거나 힘을 부리고 있으니, 코델리아도 금방 이해할 수 있을 것이다.

"……코하루는 특수한 혈족이니 그렇다 쳐도, 네가 어떻게 그런 걸 할 수 있는 거야? 상당히 무모한 방법 같은데?"

그야 뭐, 선술식도 금술의 일종이니.

대기의 정기를 흡수하여 힘으로 바꾼다―― 사에구사의 신내림도 금술만큼이나 위험한 방법이다.

성교(聖敎)의 교리에 따르면 자연에 간섭하는 금기에 해당한다.

내 알 바 아니지만.

"이전에도 비슷한 거 봤잖아……?"

"흰자가 새까매지고 보라색 날개가 돋는 그거? ……완전히 악마의 모습이었어."

마신의 힘이니까 뭐, 틀린 말은 아니군.

"그게 MP 연비가 몹시 나쁘거든. 여섯 자리나 되는 MP로도 30초를 못 버텨."

"MP가 여섯 자리?"

"응, 십만 단위."

"사람의 MP가 십만 단위라고?"

코델리아의 핏기가 가시며, 제자리에서 비틀거렸다.

그리곤 이내 포기했다는 듯 고개를 가로저으며 어깨를 으쓱했다.

"하아, 내가 상식을 버리는 편이 빠를 것 같아."

"알았으면 슬슬 밭을 갈아줘."

눈 닿는 곳이 온통 자갈투성이였다.

그야 못해도 1,000헥타르는 될 테니 당연한 이야기였지만. 밭 갈기만으로도 상당히 고된 작업이 될 것이다.

나는 대지에 정기를 불어넣는 작업을 진행하며 생각했다.

그러기를 하루가 꼬박 지나고──.

"……이쯤 하면 되려나."

이것으로 개척 준비는 끝났다.

참고로 코델리아는 힘으로 밀어붙이는 성격답게 순식간에 밭을 갈아버렸다.

뭐, 원래 시골 출신이라 요령을 알고 있었겠지만.

오늘 작업을 마친 건 대략 15헥타르 정도. 부모님과 이웃이 쓰기에는 충분할 것이다.

나머지 땅은 새로 이주해 올 사람들에게 맡길 작정이다. 솔직히 이 넓은 땅을 다 해줄 수도 없다.

"이제 비료를 뿌려야지. 릴리스."

릴리스가 고개를 끄덕이고 아이템 박스에서 재가 담긴 나무통을 몇 개를 꺼냈다.

우리는 나무통을 등에 짊어 들었다.

"이게 뭐야?"

"세계수의 가지와 잎을 태운 거야."

"세계수?"

잠시 코델리아는 멍하니 있더니 소리를 질러대기 시작했다.

"뭐어어어어어어?! 세계수?! 옛날이야기에 나오는 그거?!"

"그래, 달여서 마시면 오늘내일하던 환자도 일어나 뛰어다니게 만든다는 그거. 보통은 약으로 쓰지만, 생명력이 듬뿍 담겨 있으니 최상급 비료가 되기도 한단 말씀. 농작물 재배 스킬의 전문가인 내가 말하는 거니 틀림없어."

"가격조차 매기지 못할 물건을 비료로 쓰겠다고? 너무 아깝잖아?"

"가족을 위한 일이니 이 정도는 줘도 아깝지 않아."

놀라는 코델리아에게 나는 너무 호들갑 떨지 말라며 웃었다.

직접 돈을 주는 건 좀 그렇지만 비료를 주는 것쯤은 괜찮을 것이다.

"하지만 세계수는 세상의 끝에 있다는 전설의 땅…… 아무도 발을 들인 적이 없는 땅에 있다는 전설 같은 거잖아?"

그러자 릴리스가 한숨을 쉬며 코델리아에게 말했다.

"……즉, 류토에게는 그게 그냥 요 근처밖에 안 된다는 의미."

코델리아는 묘한 표정으로 작게 고개를 끄덕였다.

"……그렇구나."

잠깐, 뭐야, 그 표정은!

아니, 너무하잖아.

내가 누구 때문에 그런 극지까지 갔다고 생각하는 거야?

그곳에는 저주신 같은 영문도 모를 초생명체가 잔뜩 있다고.

코델리아는 내가 전력을 다해도 쉽지 않은 녀석들과 밤낮으로 사투를 벌인 나의 기분을 전혀 모르는 모양이다.

딱히 생색을 낼 마음은 없지만.

"그런데 류토? 이 땅에 작물을 키우면 어떻게 돼?"

"대단한 일이 벌어지겠지."

나는 의미심장한 미소를 지으며 말했다.

적어도 앞으로 반년간은 가공할 성장 속도를 보여줄 것이다.

정말 치트도 이런 치트가 없지만, 어차피 한계를 돌파한 농민 스킬과 선술이 없으면 할 수가 없다.

애초에 그만한 사람이 농사를 지을 리도 없지만.

그리고 세계수로 만든 비료는 효과가 수십 년을 간다고 한다.

아마 여기서 토마토를 키우면 머스크멜론 수준의 당도가 나오거나, 몇 배의 속도로 자라나거나 할지도.

잦은 수확으로 농부가 몹시 피곤해진다는 것만 빼면 참 좋은 기술이다.

자, 토양 부활은 이만하면 충분하고…….

"그런데 이 토양에 무엇을 키울 셈이야? 역시 밀?"

"안될 건 없지만, 밀은 값이 떨어졌잖아? 그것보다…….."

부모님을 위해 만든 밭이긴 하지만, 나도 나름의 목적이 있었다.

솔직히 일식이 그리워서 어쩔 수가 없거든.

간장과 미소된장만 있어도 꽤 많은 일식을 만들 수 있을 터다.

언젠가는 반드시 실천할 생각이지만, 지금은 고향 사람들이 이 개척지에서 윤택한 생활을 할 수 있다고 믿게 만드는 것이 우선이었다.

즉, 즉효성이 있는 녀석이 필요했다.

"ㅇㅇㅇㅇ야."

내 말을 듣고 코델리아와 릴리스가 고개를 갸웃했다.

"ㅇㅇㅇㅇ라니…… 맛없기로 유명한 그거?"

"맞아, 그 ○○○○야."

그렇다.

재배하기 쉽고 매우 비싸게 팔리는 것.

쌀과 대두가 아쉽지만, 지금은 때가 아니다.

쌀이야 뭐, 사에구사의 연줄을 쓰면 금방 구할 수 있을 테고.

"그런데 아주머니가 정말 이런 벽촌까지 이사를 오실까?"

"아니, 어머니는 괜찮아. 내가 부르면…… 아마도."

그 사람은 병적으로 아들을 사랑하니까.

"문제는 아버지인데, 자…… 어떡할까?"

——결론부터 말하면 어머니와 아버지는 자갈지대에 개척민으로 이주하기로 했다.

"우리 아가 사랑해! 가까이서 살 수 있다면 바로 갈게!"

사실 조금 기겁했다.

아버지는 코델리아에게 금화 서른 개를 빌릴 수 있다는 말에 적극적으로 나섰다.

뭐, 실제로는 내 돈이지만…….

아버지도 이미 마을의 농업이 파탄이 난 것쯤은 알고 있었기에 지푸라기라도 잡는 심정이었다고 한다. 사실 돈보다는 코델리아의 말에 움직였다. '돈을 빌려주겠다'는 용사가 '소꿉친구의 가족을 도와줄 테니 나만 믿어'라고 말하는 것이나 마찬가지니까.

사이드: 조너스=맥클레인

나는 개척 공사를 위해 지어놓은 허름한 오두막집의 침대에서 생각에 빠져 있었다.

"설마 류토가 개척하자는 얘기를 꺼낼 줄이야."

마을의 상황은 이제 절박한 수준이었다.

우리도 예외가 아니었는데, 그렇다고 설마 아내가 나에게 말도 없이 그런 극단적인 선택을 했을 줄은 몰랐다. 이야기를 들었을 때는 정신이 아득해졌었다.

그만큼 절박했다.

지푸라기라도 잡고 싶었기에 우리는 마을을 나왔다.

사실 큰 기대는 하지 않았다. 어린애의 얕은꾀로 얼마나 나아지겠는가.

하지만…….

딱히 잘 풀리지 않아도 괜찮다.

내가 봤을 때 이웃집의 코델리아── 그녀는 류토에게 빠져 있다.

용사의 시부모가 된다면 우리의 생활도 장밋빛이 될 터.

개척이 중요한 게 아니다.

용사가 중요한 거다!

그렇다, 우리가 살아갈 길은 이것밖에 없다!

그런 연유로 나는 류토와 코델리아를 어떻게 이어줄지 대작전을 생각하며 잠들었다.

짹짹, 창밖에서 들려오는 참새 소리.

아침의 부드러운 햇살에 나는 눈을 떴다.

자갈지대인데도 곳곳에 나무가 있어서 그런지 참새가 오긴 오는 모양이다.

그때 아내의 비명이 들렸다.

그러고 보니 이 일대는 마물도 가끔 나온다고 했다.

나는 정신을 차리고 한 손에 괭이를 들고 뛰쳐나갔다.

"무슨 일이야, 여보!"

밖으로 나가자 아내가 다리에 힘이 풀려 엉덩방아를 찧고 있었다.

"여보! 어제 뿌린 씨앗이…… 씨앗이…….."

뭐야, 마물이 나온 게 아니었나.

나는 주위를 둘러보다── 아내와 마찬가지로 그 자리에서 힘이 풀려 털썩 주저앉았다.

"뭐야 이건? 어떻게 된 거지? 어제 심은 게 이거라고?"

모기가 날아가는 듯한 목소리로 아내가 나의 말을 이었다.

"벌써 무성하게…… 자랐네요."

밭을 푸르게 뒤덮고 있는 식물을 보며 우리 두 사람은 말을 잃었다.

사이드: 류토=맥클레인

부모님을 근처 자갈지대로 부른 지 며칠 뒤.

방과 후 해가 지기 전 시각, 나는 아르테나 마법학교의 건물 안을 걷고 있었다.

"얼씨구, 쓰레기가 여긴 뭐하러 왔지?"

"내 알 바 아니지. 생각만 해도 재수가 없어."

이곳은 특등생이 사용하는 건물로, 나는 엇갈려 지나가는 특등생들의 차가운 시선을 받고 있었다.

대단한 선민의식이다. 전에 있던 세상에서도 대기업은 학력으로 사람을 거른다고 들었는데——.

"너무 노골적이군."

복도에 깔린 붉은 양탄자가 유난히 푹신푹신하게 느껴졌다.

이게 온 복도에 깔려 있다. 내가 쓰는 건물에는 없는 물건이다.

그런 생각을 하며 양탄자 위를 걷던 나는 무심코 발걸음을 멈추었다.

——복도에 그림이 걸려 있었다.

학교에 그림이 걸려 있다.

세상에, 미술관도 아니면서…… 아, 동으로 만든 흉상도 있다.

하층 클래스와는 너무 대우가 다르잖아…….

나는 그림을 지나쳐 학생회실이라 쓰인 문 앞에 멈춰 섰다.

"류토=맥클레인이다."

나는 학생회실의 문을 두드렸다.

"왜 나를 이런 곳으로 불렀지?"

나는 2인용 응접 소파에 털썩 앉았다.

엄청 푹신푹신하네, 이 소파. 용의 마을에 살았을 때 집에 있던 소파 같다.

왜 학생회실에 이렇게 돈을 들이는가.

그건 특등생이 귀족이기 때문이다.

학비도 일반 클래스보다 훨씬 비싸다고 하니 당연한 건지도 모르지만.

"미안해, 류토. 내가 불렀어."

코델리아가 일어나 나의 맞은편에 앉았다.

학생회실 안쪽에는 책상이 다섯 개가 있었는데, 각 자리에 곱게 자란 듯한 멸치가 다섯 명 앉아 있었다.

아마 이 방의 주인들이겠지.

코델리아가 손가락을 튕기자 문 옆에 서 있던 집사가 이쪽으로 티 세트를 가져왔다.

'으음······.'

나는 복잡미묘한 기분이 들었다.

학생회실에 담당 집사가 있다니.

대귀족님의 우아한 생활은 도저히 이해할 수 없군.

문제는 코델리아도 몸에 밴 듯이 자연스럽게 손가락을 튕겼다는 거다.

나는 코델리아의 예쁜 얼굴을 쳐다보았다.

뭐, 따지고 보면 이 녀석도 이쪽 사람인가.

소꿉친구이기에 자꾸 깜박하는데, 코델리아는 막대한 지원금과 터무니없는 월급을 세계연합의 이름으로 받고 있다.

"좋은 찻잎이네. 우리 부모님에게 내드리면 좋아하시겠어."

용왕이 내주는 홍차에 비하면 별거 아니지만.

평범한 마을사람이라면 꿈도 못 꿀 물건이다.

"어머나? 그런 저렴한 차가 맘에 들었나요? 아아, 그러고 보니 당신은 마을사람이었죠? 이런 거로 기뻐할 수 있다니, 행복한 사람이로군요."

롤머리를 한 작은 여자가 킥킥 비웃었다.

그걸 본 나는 무심코 한숨을 내쉬었다.

고귀한 귀족께서는 마을사람을 보면 깔보지 않고는 배기지 못하는가 보다.

"아아, 이런. 어딘가의 귀족님이셨군요. 서민의 혈세로 우아한 생활이라…… 거참 즐거우시겠어요?"

순간 실내의 분위기가 완전히 얼어붙었다.

굽신대야 할 평민 따위가 첫 대면에 비아냥거리며 대꾸할 줄은 생각도 못 했겠지.

그러나 롤머리 여자에게서 의외의 대답이 돌아왔다.

"아니요, 저는 상회의 외동딸입니다."

잉? 귀족이 아니라고?

내가 놀라자 롤머리는 "다만——" 하고 말을 이었다.

"평범한 상회가 아닙니다. 베니슨 상회, 이 나라의 상업을 책임지고 있는 거대 상회라고요."

그 말에 나는 고개를 갸웃했다.

"그만한 규모라면 귀족의 피가 섞여 있어도 이상할 게 없는데? 작위도 마찬가지고."

사실 핏줄 따위, 돈으로 휘두르면 쉽게 살 수 있다. 작위 또한 마찬가지.

귀족의 이름이 있으면 장사에 유리하다.

"아버지가 평생 쌓아 올린 상회라서요. 귀족에 들어가는 것은 제 세대부터입니다. 제 피앙세는 공작가의 영식(令息)이거든요. 즉, 마을사람과 같은 공기를 마시는 것만으로도 더러워지는 듯한 기분이 드는 신분이라는 것이지요."

"뭐야, 그냥 졸부였나."

그러자 롤머리의 미간이 움찔거리며 주름이 생겼다.

"공작가 영식의 피앙세인 빅토리아=베니슨에게 불경하군요! 따끔한 맛을 보고 싶은가요?"

"말마다 공작가니 상회니, 권위를 내세우지 않으면 마을사람에게 싸움 걸 용기도 없나?"

그러자 코델리아가 손뼉을 쳐 제지하고 나섰다.

"그만해, 류토. 뭘 그리 금세 화를 내."

"아니, 먼저 싸움을 건 사람은 저쪽이잖아?"

후우…… 코델리아가 깊은 한숨을 내쉬었다.

"권위라고요?"

"빅토리아 양? 그쪽도 이제 그만해……."

코델리아의 제지를 듣지 않고 빅토리아가 말을 이었다.

"소꿉친구랍시고 용사의 권위를 등에 업고 뻐기며 나대는 미천한 쓰레기에게 그런 말을 듣고 싶지 않군요."

"뭐? 너 무슨 말을 하는 거야?"

빅토리아가 킥킥 웃으며 계속 말했다.

"정말 행운이로군요. 소꿉친구라는 이유만으로 용사의 총애를 받으며, 입학시험부터 무엇이든지 편의를 받다니—— 견습 기사 훈장까지 받았다면서요?"

아아, 그런 의미였나.

이 녀석들이 보기에 나는 코델리아를 등에 업고 설치는 녀석이란 거군.

뭐, 별 상관없지만.

"빅토리아 양? 정말 이제 그만하지 않을래? 너와 싸움을 붙이려고 류토를 부른 게 아니야."

그러자 빅토리아는 나에게 조소를 보내며 고개를 끄덕였다.

"그래서 무슨 일로 이런 상류사회에 날 불렀어?"

"그거 말인데 류토, 네가…… 너희 반의 반장을 맡아줬으면 해."

"반장?"

"어머나? 이번에는 용사님을 이용해 반장의 자리를 얻을 심산입니까? 이거야 원—— 편애가 지나치군요."

이 롤머리 아까부터 진짜 시끄럽네.

애를 어떻게 키우면 이렇게 자라는 거냐.

"무슨 소리야, 코델리아?"

코델리아가 고개를 끄덕였다.

"이 학교의 운영 자금은 귀족의 원조가 대부분이야. 그래서 대대로 반장은 일반, 특별 클래스 상관없이 특등생이 맡아왔어."

"뭐, 그렇겠지."

선민사상의 화신 같은 무리니까.

그들이 보기에 일반 클래스 따위는 하찮은 존재이다.

설령 기껏해야 학교의 밑바닥 클래스라고 해도, 쓰레기가 쓰레기를 '통치'하도록 하는 것은 용납할 수 없을 것이다.

"그런데 구조가 이렇다 보니 다들 너무 노골적으로 굴어서 일반 클래스 사람들에게 평판이 매우 나빠."

"어머나? 코델리아 님, 쓰레기에게 평판이 나쁘다고 해서 신경 쓸 필요 있을까요? 그보다 왜 이 마을사람은 코델리아 님에게 반말을 하는 거죠?"

아까부터 진짜 이 시끄럽네.

일일이 끼어들지 말라고.

"괜찮아. 얘랑 나는 소꿉친구니까. 그리고 나와 이 녀석의 관계는 빅토리아 양이 참견할 바는 아니지 않을까?"

"그렇지만 코델리아 님? 밑바닥 클래스의 인간에게…… 설령 같은 밑바닥 클래스의 통솔이라고 해도, 반장을 맡기다니 완전히 전대미문이라고요?"

"이 녀석의 실력은 내가 보증해. 게다가 얼마 전에 훈장도 받았잖아? 나는 이 녀석을 전장으로 데려갈 거야. 이 학교는 사관학교도 겸하고 있으니까, 반장은 소대 지휘 경험도 얻고 학점도 따고, 여러모로 좋은 기회야."

아, 나에게 경험을 쌓게 하려고 코델리아 나름으로 배려한 거였나.

마음은 고맙지만, 역시 이 녀석은 바보다.

"역시 편애이지 않습니까."

학생회 임원들이 이번에는 내가 아닌 코델리아에게 실소를 보냈다.

거봐라.

아니 뭐, 코델리아가 다소 편파적인 것도 맞는 말이긴 한데…….

"게다가 실력을 보증한다고요? 저와 이 마을사람이 모의전을 벌여 실력을 보여준다면 모를까…… 다른 사람도 아니고, 버서커의 말을 누가 믿죠?"

입학시험 때 만난 귀족도 그렇지만, 이 녀석들은 정말 모의전을 좋아하는구나.

뭐, 반장 자리는 나도 사양이다.

안 그래도 요즘 농지조성이니 길드 의뢰니 여러모로 바쁘다고.

그뿐만이 아니다. 꾸준한 근력운동과 선술 연습도 해야 하고, 마인화의 완전한 제어를 위해 선술과 금술도 강화해야 한다.

"저기 코델리아 씨? 저는 딱히 그런 부탁한 기억이 없습니다만? 애초에 반장은 특등생 클래스에서 뽑는다며? 그럼 릴리스에게 맡기면 되는 거 아냐? 지난번 합숙도 우리랑 같이했으니까 반 애들도 거부감이 덜 할 거야. 실력은 말할 것도 없고."

그러자 오늘 몇 번째인지 모를 킥킥거리는 웃음소리가 들려왔다.

"결국 쓰레기는 쓰레기군요. 겁이 난 모양이에요."

"겁이 나다니, 무슨 소리야?"

"특등생 2학년—— 거대 상회의 금지옥엽 딸이자 마염의 레이피어라고 하면 바로 저를 가리킨다고요?"

"아아, 그래? 그냥 졸부가 아니었구나."

"후후후, 저는 특등생 2학년 중에서도 세 손가락 안에 드는 실력을 자랑하는 마법검사라고요? 당신은 그런 저와의 모의전에 임하는 것이 겁이 난 거죠. 아닙니까?"

나는 빅토리아의 말에는 대꾸도 하지 않고 소파에서 일어섰다.

"그럼 난 이만 물러갈게."

그러자 빅토리아가 큰소리로 웃기 시작했다.

"어머나, 겁에 질린 패배자가 도망치고 있어요."

"패배자든 뭐든 맘대로 해. 상대하는 것만으로도 시간 낭비군."

그 말에 빅토리아가 크게 숨을 들이마시더니 단숨에 욕을 퍼부었다.

"소꿉친구라고 했던가요? 대놓고 말하겠는데, 여자의 연심을 이용해서 실컷 꿀을 빤 모양이더군요? 이거, 이거—— 침대 위에서 정말 대단한 기술이라도 선보였나 봐요? 저도 한 번 당신의 기술을 시험해보고 싶을 정도예요."

나의 인내심은 여기까지였다.

이만한 욕을 들은 이상 더는 가만히 있을 수 없었다.

해도 되지? 나는 코델리아에게 시선을 보냈다.

나의 분위기가 달라진 것을 눈치챘는지 코델리아가 '이건 글렀군' 하고 말하듯 어깨를 으쓱하며 체념한 표정으로 고개를 끄덕였다.

나의 다혈질적인 성격이 글렀다는 건지, 혹은 빅토리아가 글렀다는 건지, 어느 쪽인지는 모르겠다만.

아니, 양쪽 다인가?

나는 한숨을 내쉬고 돌아보았다.

"반장이라고 했던가? 좋아, 하지 뭐."

"어머나? 듣지 못하셨나요? 이 학교의 반장에게는 소대 지휘 경험의 학점이 부여된다고요. 겁에 질려 도망치는 기둥서방에게 그런 큰 역할은 맡길 수 있을 리 없잖아요?"

나는 빅토리아를 노려보며 말했다.

"그래서 내가 네놈과 모의전을 하겠다잖아. 아, 그리고 말이지?"

쉬지 않고 이어서 말했다.

"──앞으로 두 번 다시 나의 소중한 사람을 모욕하지 마라."

해 질 녘 마법학교의 운동장.

나와 빅토리아는 모의전용 서클 안에서 10m쯤 거리를 두고 마주하고 있었다.

"졌을 때 늘어놓을 변명은 준비해두었나요?"

"그 말 그대로 돌려주지."

이미 운동장 주변은 구경꾼으로 가득했다.

모의전이 결정 나자마자 이 금발 롤머리가 온 교내에 소문을 퍼뜨린 것이다.

특등생 클래스의 절반 정도는 오지 않았을까.

"저게 코델리아 양의 정부……."

"아아, 오거 사건 때 활약했다는 날조된 정보로 훈장을 받은 마을사람입니까."

"그렇구나. 빅토리아 양이 결국 따끔한 맛을 보여주려는 건가?"

"네, 여자를 농락하여 출세를 꾀하려는 기둥서방에게 제재를 가하려는 겁니다. 그래요, 특등생 클래스의 실력자── 마염의 레이피어가 전장의 두려움을 가르쳐준다는 뜻이지요. 저 마을사람은 진짜 실력자의 힘에 필시 놀랄 겁니다."

완전히 사면초가로군.

뭐라고 하는지 다 들리잖아.

아니, 들으라고 하는 소린가?

"이봐, 거기 장발?"

"장발? 저 말입니까?"

구경꾼 중 한 사람을 가리키며 나는 고개를 끄덕였다.

"지금 내가 놀랄 거라고 한 거냐?"

"네, 그렇습니다만."

"그렇다면——."

나는 빅토리아를 향해 목검을 겨누고 잠시 뜸을 들인 뒤 히죽 웃었다.

"——좀 놀라게 만들어 줘야겠군."

나의 말에 빅토리아가 킥킥 웃으며 말을 걸어왔다.

"아 참, 이야기 들었어요."

"뭘?"

"지난번 오거 사건 때, 코델리아 님이 당신의 공적에 대해 너무 터무니없는 숫자를 써놓아서 적당히 줄여서 보고가 올라갔다는 이야기 말이에요."

"무슨 말이 하고 싶은데?"

"합숙에서는 아서=마컴 학생을 일격에 쓰러뜨리고, 입학시험 에서도 대귀족의 마법검사를 이겼다죠?"

아, 그리고 보니 그런 일도 있었던가?

나는 빅토리아의 말에 작게 고개를 끄덕였다.

"저는 이 모두 알고 당신을 도발한 겁니다. 지금까지 당신이 상대 한 잔챙이와는 차원이 다르다는 걸 가르쳐드리기 위해서 말이죠."

직후 빅토리아의 눈에 마력이 깃드는 것이 보였다.

과연, 그런 말이었나.

"어머나? 이것이 무엇인지 알겠나요?"

"'예측' 스킬인가."

"맞아요. 특등생 2학년 중에 세 손가락 안에 든다는 말은 허풍이 아니랍니다?"

"근접에서는 최강 클래스의 스킬이지. 그것도 선천적인……."

"그래요. 마을사람치고는 박식하군요? 즉, 일대일의 검술 승부에서 저를 상대할 수 있는 사람은 교관 중에서도 한 줌뿐이라는 거죠."

교관은 대체로 C랭크니 이 녀석은 C랭크 상위에서 B랭크 하위의 힘을 갖고 있다고 추측할 수 있다.

"예측인가……."

나는 살짝 한숨을 내쉬었다.

아마 첫 공격을 읽어내던가 그런 능력이었을 것이다.

아이러니하게도 저것의 1만 배쯤 무시무시한, 실로 예지라 부를만한 스킬을 지닌 사람을 바로 얼마 전에 날려버린 참인데.

"인간에게는 두 종류가 있거든요?"

"갑자기 무슨 말이야?"

"아버님의 미학이에요. 착취하는 자와 당하는 자. 인간은 이 두 종류로 나뉜다. 그리고 항상—— 베니슨 가는 착취하는 쪽에 속해 있었지요."

"거 참 멋진 미학이네."

"그리고 저도 설치고 다니는 마을사람을 혼쭐을 내준 영웅으로서 학교 내에 명성을 얻을 겁니다. 아, 죄송하게 됐네요. 마치 받침대처럼 밟아 착취하게 되었으니."

"그래, 상관없어. 이쪽도 사양하지 않고 갈 예정이니까."

"후후후. 예측 스킬로 당신의 속마음이 들렸다고요? 예언하도록 하지요. 당신은 어깨부터 비스듬히 베는 공격을 하고, 손 쓸 도리도 없이 저에게 반격을 받아 넝마처럼 되어 추태를 보이게 될 겁니다."

"그럼 너의 예언대로 비스듬히 베어주도록 하지. 그리고 나도 예언을 하나 할게. 너는 시작 후 10초 이내에 구호실로 갈 거다."

"구호실로 간다고요? 우후후후! 무슨 공격이 올지 알면서도 피하지 못한다면 마법검사를 그만둬야 하지 않겠어요?"

"잡담은 여기까지야. 간다."

그리고 나는── 빅토리아의 시야에서 사라졌다.

그야말로 순간이동처럼 말이다.

눈으로 쫓을 수 없는 속도로 빅토리아 앞까지 다가가 바로 검을 비스듬히 들어 두 번 휘둘렀다.

이어서 투두둑 두 개의 다발이 지면에 떨어지는 소리가 났다.

빅토리아는 그제야 내가 눈앞에 있다는 것을 깨달았다.

"나의 자랑스러운 머리카락이……?"

빅토리아는 믿기지 않는 듯 멍하니 바닥에 떨어진 두 다발의 금발 롤머리를 바라보았다.

"구호실로 실려 가기까지 앞으로 7초. 무언가 남길 말은?"

"어떻게 목검으로 머리카락이……?!"

"초고속으로 베면 그 정도쯤은."

"애초에 공격을 알고 있는데 어째서 피하지 못……."

그 모습을 보며 나는 히죽 웃었다.

"피할 수 있을 리가 없지. 설령 알고 있더라도── 네 수준으로는 말이야."

그러며 나는 목검을 한 차례 옆으로 휘둘렀다. 직후 그녀가 바닥에 쓰러졌다.

일단 상처가 남지 않도록 힘 조절해서 쳤다.

그리고──.

──동시에 구경꾼들의 얼굴에서 핏기가 싸악 가셨다.

"……마을사람이 아니었어?!"

"우연……이지?"

"우연 따위로 설명할 수 있는 게 아냐! 설령 용사라도 이건……!"

그러자 코델리아가 짜증 내며 말했다.

"그러니까 말했잖아. 실력은 보증한다고. 뭐, 아무도 믿어주지 않았지만."

이때 나는 주위를 향해 큰소리로 외쳤다.

"이봐, 이 금발 롤…… 아니, 이 금발 쇼트커트를 구호실로 데려가!"

바닥에 쓰러진 빅토리아가 나를 째려보며 말했다.

"나의 자랑스러운…… 머리카락이…… 아, 아…… 아버……님에게…… 다 이를 거야!"

나는 어깨를 으쓱했다.

"먼저 싸움을 걸어놓고 무참하게 지니까 한다는 게 고작 아버지를 찾는 건가? 어이가 없군."

그 자리에 목검을 버리고 뒤도 돌아보지 않고 손을 흔들며 빅토리아에게 말했다.

"──그야말로 패배자구나."

분한 눈물을 흘리며 빅토리아는 의식을 잃었다.

잠깐 부모님 이야기를 하도록 하지.

잘 알고 있겠지만, 나의 부모님은 마을사람이다.

당연히 재산이라고 부를만한 것도 없었다.

그러나 내가 만든 밭으로 이주해 농사를 시작한 결과, 첫 수확은 채 한 달도 걸리지 않았다. 거기에 밭 말고도 초기 자금도 제법 많이 드렸으니 지금은 그럭저럭 가지고 계실 거다.

어머니가 그런 극단적인 선택을 하겠다는데 자식이 그걸 알고도 모른 척한다면 짐승만도 못한 놈이지.

다만 너무 편안한 생활을 만들었다가 올스톤 가(家)처럼 되어버리면 본말전도.

그래서 나는 단순히 돈을 드리는 게 아니라 비교적 벌기 쉬운 일을 드리기로 했다.

아버지는 농사. 어머니는 부업으로 일거리를 드렸다.

그게 뭐냐면——.

——마요네즈 만들기다.

나는 우선 길드장 아저씨에게 부탁해서 멸균마법을 사용한 달걀과 식초를 구했다.

하지만 사람을 통해 구하면 결국 그만한 돈이 들기 마련.

언젠가는 포도를 재배해서 만든 와인으로 식초를 대체할 생각이다.

기름은 올리브 오일을 사용했다. 이것도 언젠가는 직접 재배할 생각이다.

조리법은 이렇다.

우선 노른자를 쓸지 말지를 정해야 한다. 나는 재료가 아까우므로 통째로 쓰기로 했다.

후추는…… 채산이 맞지 않기에 생략. 뭐, 없어도 그럭저럭 괜찮은 맛이 날 것이다.

응? 왜 내가 마요네즈 만드는 법을 알고 있냐고?

한때는 상황이 여의치 않아 좀비 고기 같은 걸 먹고 다니던 나지만, 강해지면서 생활에 여유가 생겼거든.

최근에는 내 혀도 고급이 되어버렸고, 이따금 고급 식재료로 직접 요리를 하기 시작했는데,

이 요리가 릴리스랑 리즈에게 호평이란 말이지.

일본에 있을 때부터 그렇지만, 사실 나는 이래 봬도 요리가 취미라서 말이지.

나중에 이 밭에 대두를 심어 미소된장을 만들 수 있게 된다면, 코델리아에게 노른자 절임을 만들어 줘야겠다.

내 여동생도 좋아하던…… 아니, 이야기가 탈선했군. 어쨌든 수제 마요네즈를 팔아서 크게 돈을 벌 계획이었으나…….

"왜 마요네즈가 안 팔리지?"

"류토, 이렇게 맛있는데 무슨 까닭인지 쳐다보지도 않는구나."

아르테나 마법 학교의 휴일.

모처럼 집에 온 나는 어머니가 만든 대량의 마요네즈가 창고에 재고가 되어 산처럼 쌓여 있는 모습을 보며 말했다.

"뭐, 언뜻 봐서는 그냥 정체불명의 하얀 점액이니까."

맛 이전의 문제였다.

이러한 음식을 먹는 문화가 없어서 상점이 들여 주지를 않는 것이다.

어머니에게 직접 팔아보는 건 어떠냐고 했지만, 결과는 다르지 않았다.

"……이해가 안 돼."

"왜 그래, 릴리스?"

"……이렇게 맛있는 음식이 왜 인기가 없는 건지. 류토가 주변에 얕보이는 것과 비슷한 느낌……. 나는 그 점이 너무 답답해."

마요네즈로 맛을 낸 돼지고기볶음을 먹으며 릴리스가 말했다.

그때 사에구사가 찬장에서 식기를 꺼내 이쪽으로 다가왔다.

"코하루는 손님이니까 일하지 않아도——."

"아니에요. 저는 할 줄 아는 게 없으니까요. 이런 거라도 돕게 해주세요."

현재 상황을 설명하자면, 우리는 지금 마요네즈를 이용한 소규모 오찬회를 하고 있었다.

코델리아는 공무로 바빠서 불참했다.

참고로 코델리아는 간사이렌고 사건(이교도에게 괴멸당한 것으로 처리되었다)의 유일한 생존자라는 소문이 퍼지면서, 버서커 이외에 서바이버(연옥 귀환자)라는 별명이 늘어났다.

이에 세계의 상층부는 '어떻게 대해야 좋을지 모르겠다'는 입장을 비쳤다.

결국, 당분간 국가나 길드에서 나오는 고위험 토벌의뢰 등을 수행하며 학교생활을 보내게 되었다고 했는데, 아마 그거겠지.

"엄마야!"

돌연—— 사에구사가 넘어졌다.

그것도 아주 제대로.

아무것도 없는 곳에서 요란하게.

동시에 접시가 허공을 날았다.

접시는 곧 바닥을 향해 떨어졌고.

성대하게 깨졌다.

와장창 깨졌다. 아주 산산조각이 났다.

"죄송해요! 죄송해요!"

어머니는 사과하는 사에구사를 향해 다정하게 웃었다.

"어머, 솔직하게 사과하는 건 좋은 거란다. 그렇지, 류토?"

"응? 뭐가?"

"참 착하지 않니? 집안일도 나서서 도와주고."

"그냥 덤벙이잖아."

"어머? 엄마는 덤벙거리는 아이가 좋단다. 애교가 있어 좋지 않니? 엄마야 하고 외치다니…… 정말 귀여워! 아무것도 없는 곳에서 넘어지기도 하고."

그러자 갑자기 릴리스가 자리에서 일어섰다.

"릴리스?"

"…………."

릴리스는 조용히 찬장으로 가서 대량의 식기를 꺼냈다.

그리고 이쪽으로 다가오다가——.

"엄마야!"

갑자기—— 릴리스가 넘어졌다.

그것도 아주 제대로.

아무것도 없는 곳에서 요란하게.

동시에 접시가 허공을 날았다.

접시는 곧 바닥을 향해 떨어졌고.

성대하게 깨졌다.

와장창 깨졌다. 아주 산산조각이 났다.

"죄송해요! 죄송해요! 그릇을 깨뜨리고 말았어요! 아무것도 없는 곳에서 넘어지다니 엄마야! 저는…… 왜 이렇게 덤벙거릴까요!"

"너 방금 일부러 그랬지?!"

"……류토, 너무 대놓고 말하지 말아줘."

"아니, 아무리 그래도 너."

"나는 어머님에게——."

"어머님?!"

"——그래, 류토의 부모님의 마음에 들기 위해서라면—— 악마에게 영혼도 팔 수 있어."

"으…… 응……."

그때 아버지가 말을 걸었다.

"류토?"

"응?"

"……애는 누구냐? 릴리스라고 했던가?"

"릴리스가 왜?"

"아주 미인이다만…… 너의 이거냐?"

아버지가 새끼손가락을 세우며 물었다.

"——인사가 늦었습니다, 아버님. 저는 2년 후에 아버님과 같은 맥클레인이 될 마법사 릴리스라 합니다."

"아버님?!"

아, 이미 틀렸다, 이 녀석. 얼른 어떻게든 하지 않으면…….

그 순간 아버지가 새빨개진 얼굴로 테이블을 쾅 두드렸다.

"안 된다! 너 같은 여자애에게 류토를 줄 순 없다!"

예상 밖의 반응에 릴리스가 눈을 크게 떴다.

"……왜 그러시죠, 아버님? 무슨 말씀이신가요?"

릴리스의 존댓말이라니 왠지 신선한데.

나는 그런 생각을 하며 마요네즈를 바른 닭고기구이를 입에 넣었다.

으음~. 레드와인과 잘 어울리는군. 진짜 맛있다.

나는 와인을 목으로 꿀꺽꿀꺽 넘겼다.

"──우리 류토는 코델리아와 결혼하기로 정했으니까!"

"푸흡!"

그리고 입에서 와인을 화려하게 뿜어냈다.

"쿨럭! 쿨럭! 아버지는 갑자기 무슨 말을 꺼내는 거야?!"

"용사잖아?! 용사라고?! 지위도 명예도 원하는 대로 얻을 수 있잖아?! 게다가 내가 보기에 그 애는 너에게 반해 있어! 알겠냐, 류토? 이건 기회다! 까놓고 말해 돈이란 말이다! 돈이 엄청 많잖아! 우리 집도 돈이 있으면 이런 곳에서 유랑민 같은 생활을 하지 않아도 돼!"

"아니…… 저기…… 뭐라고 해야 할까……."

그때 릴리스가 진지한 얼굴로 말했다.

"……아버님, 그 말씀 말입니다만, 저는 용의 마을 출신입니다."

"흠?"

"……인간에게도 전승은 있을 터. 용의 마을 출신자는…… 대체로 영웅이 된다고."

"류토? 사실이냐?"

"맞아, 얘는 용의 마을 출신이야."

"마법학교의 성적은?"

"평민 출신이지만 특등생 클래스야. 기린아라고 불리고 있지. 내가 봐도 천재라고 생각해."

천재 정도가 아니라 이미 반 이상 인간을 그만둔 수준이지만.

통상 상태라도 모험가 길드 기준으로 A랭크 상위에서 S랭크 하위.

전력을 다하면 S랭크를 가뿐히 뛰어넘을 거다.

아버지는 잠시 무언가를 생각하다 릴리스의 앞에 놓인 와인잔에 레드와인을 가득 따랐다.

"마음에 드는구나, 릴리스! 마시거라!"

"아버지?!"

"당신은 릴리스를 어떻게 생각해?"

"괜찮지 않을까?"

나는 진절머리를 내며 어머니에게 물었다.

"참고로 이유는?"

"덤벙거리잖니."

"아까부터 그 말만 하는 거 아냐?! 어머니는 대체 왜 덤벙거리는 애가 좋은 건데?"

그리고 릴리스는 전혀 덤벙이가 아니다.

방금 행동은 누가 봐도 연출이잖아?!

"어머나, 뻔하잖니."

"뻔하다니?"

"언젠가 류토도 결혼을 하겠지? 내키지는 않지만, 평생 결혼도 못 하게 막을 수는 없잖니? 그렇다면…… 머리가 나쁜 여자애가 다루기 쉽지 않을까 해서."

어머니가 천사 같은 미소로 대답했다. 눈은 전혀 웃지 않았지만.

내 등에 주르륵 식은땀이 흐르는 걸 아는지 모르는지, 아버지가 말을 걸어왔다.

"그나저나 류토? 정말 괜찮은 거냐?"

"괜찮다니 뭐가?"

"네 말에 따라 여기까지 오긴 했다만…… 영문도 모를 이상한 작물을 키우고 있고, 마요네즈도 맛있기는 하지만 안 팔리잖냐?"

"음, 마요네즈는 내가 해결해볼게. 그리고 그 '이상한 작물'도 머지않아 반드시 팔릴 테니까 걱정하지 마."

그런 연유로 다음 날인 일요일.

나는 모험가 길드를 방문했다.

"아, 류토 씨. 안녕하세요."

"안녕. 길드장은?"

"류토 씨라면 면담 예약이 필요 없습니다. 안에 계시니 들어가십시오. 아아, 그래도…… 노크는 해주세요."

"알겠어."

접수처 직원에게 인사를 하고, 나는 그대로 길드장의 방으로 향했다.

이걸 마법학교 사람이 본다면 큰 소란이 나겠지.

문에 노크를 하자 안에서 "들어와" 하는 거만한 목소리가 들렸다.

"나야, 아저씨."

그 순간 아저씨가 길드 마스터의 의자에서 벌떡 일어났다.

기합이 한껏 들어간 차렷 자세였다.

"헉, 류토 씨?! 무슨 일이십니까?"

"아니, 그렇게 긴장할 건 없잖아……."

말은 그렇게 했지만, 이 아저씨는 원래 이런 아저씨라 소용이 없다.

나는 한숨을 내쉬며 하얀 것이 담긴 병을 꺼냈다.

"이걸 길드 식당에 놓아두고 싶은데."

"흠…… 이게 뭡니까?"

나는 히죽 웃으며 대답했다.

"마요네즈야."

사이드: 마체스=발자크

나의 이름은 마체스=발자크.

'희대의 용병'이라 알려진 검술가로, 천 명을 벤 발자크라 하면 바로 나다.

모험가 길드로 치면 S랭크 하위는 될 테지만, 이제 내 나이도

쉰일곱.

용병 시절은 이제 아주 먼 옛날이 되었다.

지금은 라쿤 왕국이라는 변경의 소국에서 전사장으로 일하고 있다.

그것도 이제 옛날 일이 되려는 참이었지만.

이유는 귀족 때문이었다.

폐하는 어쨌든, 이곳의 귀족은 무척 지독했다.

봉건주의와 선민사상의 화신이라고 해도 과언이 아니었다.

특히 베니슨 상회라는 졸부들로부터 거액의 뇌물을 받는 꼴은 차마 못 봐줄 지경이었다.

상회는 이제 경제를 좌지우지하고 있으며, 정치와 사법도 뇌물로 움직이고 있었다. 국가가 붕괴하는 것도 이제 시간문제였다.

아니, 이미 무너졌다고 봐야 할까.

젊은 왕이 나라를 바로 세우기 위해 고군분투하고 있으나, 버텨봐야 앞으로 1년 정도일 것이다.

그 전에 쿠데타가 일어날지도 모르고.

종국에는 상회가 권력을 붙잡고 본격적인 매국 행위를 벌이겠지.

어차피 지금도 나라가 조각나 여기저기 팔리며 서서히 죽어가고 있다.

전쟁에 져서 멸망한다면 모를까, 나는 이런 식의 결말은 보고 싶지 않았다.

고군분투하는 폐하가 가엾지만, 나는 나라 밖의 적과 싸우는 몸. 도울 방법이 없었다.

나는 결국 전사장을 그만두고 부하들과 용변단을 꾸리던지, 홀로 모험가 일을 하기로 했다.

어느 쪽이든 더는 여기 머물고 싶지 않았다.

그런 연유로, 나라를 빠져나온 나는 일을 찾을 겸 친구를 만나러 길을 나섰다. 친구는 왕도에서 말을 타고 하루 거리에 살고 있다.

"허, 참. 그 녀석이 길드장이라니. 그야 내 머리가 하얗게 될 만큼 시간이 지났다만."

용병단에서도 졸병이었던 철부지 어린애가, 이제는 비록 소국의 길드 지부라고는 해도 길드장이 된 것이다.

술을 좋아하는 녀석으로, 그 녀석의 농담은 지금도 떠올리면 웃음이 난다.

언젠가 놀러 가려고 했는데, 설마 이런 모양이 될 줄이야.

"여기까지면 됐다."

친구가 산다는 도시의 성벽 밖에서 나는 열 명의 백은 갑옷을 입은 근위병들에게 말했다.

모두 모험가로 치면 B랭크는 되는 용맹한 자들이다. 뭐, A랭크 이상은 사단장급이 되니까 당연하다면 당연하다만.

"아무래도 1만 명이 넘는 병사를 이끄는 전사장이 되니 이동도 거창해진다니까."

화려한 장식을 단 백마대가 도시 안으로 들어가면 민초들이 깜짝 놀랄 것이다.

그런 연유로 나는 갑옷을 벗고 전사장: 마체스=발자크가 아닌 평범한 노병: 발자크로 도시로 들어갔다.

"모험가 길드인가……."

그리운 이름이다.

용병이 되기 전에는 나도 모험가 길드에서 레벨을 올리는 데 열중했었다.

용병단을 결성하여 깃발을 내걸고 다른 나라에 들어가려고 했으나…… 역시 자유롭게 모험가로 사는 것도 나쁘지 않을지도 모르겠다.

그렇게 되면 그 녀석이 있는 길드의 모험가로서 일할까. 뭐, 플랜B치고는 괜찮은 생각이다.

그 철부지가 놀라겠군.

이런 소국의 길드 지부에 S랭크가 머무는 셈이니.

순간 나는 고개를 갸웃했다.

이어서 심호흡을 하듯이 코를 킁킁거렸다.

"음식…… 냄새……인가?"

엄청나게 좋은 냄새였다.

기름진 듯하면서 달콤한…… 맡아본 적이 없는 냄새지만, 맡기만 해도 침이 나올 것 같은…… 그런 냄새였다.

나는 냄새에 이끌려 큰길을 걸어갔다.

"냄새가 뭐 이렇게 좋아."

수상한 마음에 혼잣말하며 큰길을 걷자, 점점 좋은 냄새가 가까워졌다.

그러다 한 시설 앞에 멈췄다.

"……모험가 길드?"

길드 식당에 있는 응접실.

"오랜만입니다, 발자크 씨. 명성이 온 나라에 자자하더군요."

나의 옛 부하이자 친구가 크게 웃었다…… 부하라고 해도 지금은 어엿한 길드장이다만.

"그런데 오늘은 무슨 일로?"

"음, 나도 슬슬 다른 일을 알아봐야 할 것 같아서 말이지……."

"다른 일이라고요? 라쿤 왕국의 군사를 한 손에 쥐고 계신 거 아니었습니까? 어이쿠 내 정신 좀 봐. 모처럼이니 한 잔 드시죠."

"음, 받도록 하지."

레드와인이 잔을 채웠다.

색과 향만으로도 좋은 술이라는 걸 알 수 있었다. 아무래도 아껴두던 와인을 딴 모양이다. 이쪽을 그만큼 신경 쓰고 있다는 의미였다.

그는 용병 시절 때처럼 나를 윗사람으로 대할 생각인 듯했다. 이런 부분이 맘에 들긴 하지만.

"그나저나 전사장을 그만두신다니…… 그만큼 위태롭습니까?"

바보다. 바보가 있다!

여자에게 차여 엉뚱한 소리를 하던 시절과 전혀 다를 바가 없다.

눈치 없는 선임병도 아니고, 내 입으로 그걸 어떻게 말하라는
건지.

뭐, 그런 점도 포함해서 맘에 든다고 하는 거지만.

"아니, 슬슬 군인으로서 퇴역을 생각할 시기잖아? 그런 이야기
는 아무래도 좋아. 그보다 중요한 이야기가 있다."

정말 아까부터 이 냄새 때문에 침이 계속 고인단 말이다.

"아무래도 좋다니, 발자크 씨가 먼저 꺼낸 이야기 아닙니까…….
그럼 중요한 이야기는 뭡니까?"

"이 냄새는 뭐야? 굉장히 강렬한데?"

나는 깐깐한 미식가다.

모험가 노릇도 오래 했고, 그 뒤로도 용병단을 이끌고 다녔으며,
지금은 전사장을 하고 있으니 지위도, 명예도, 돈도 그럭저럭 가
지고 있는 셈인데, 이를 가지고 세상의 쾌락을 고루고루 찾아다
니다가 도달한 곳이 미식과 술이었다.

길드장이 알겠다는 듯 고개를 끄덕였다.

"새우마요네즈 구이예요."

"……마요네즈?"

"새우튀김에 마요네즈를 버무려 구운 건데…… 뭐, 말보다 먹
어보는 게 빠르겠군요."

길드장이 손바닥을 크게 짝 마주쳤다.

"어이! 주방! 새우마요 하나! 얼른!"

그 말에 이어 주방에서 커다란 목소리가 들려왔다.

"예, 새우마요 하나!"

잠시 뒤 새우마요네즈 구이가 내 앞에 놓였다.

탱글탱글한 새우에서 피어오르는 맛있는 냄새에 의식이 훌쩍 날아갈 것만 같았다.

"흠……."

기대감에 심장이 크게 뛰었다.

냄새만으로 이 정도라니, 맛은…….

나는 포크를 집어 새우를 찍어 한입에 물었다.

덥석.

새우를 씹는 순간, 육즙이 입안에 퍼졌다.

나는 몇 번쯤 음미하며 씹어 넘겼다.

"……이럴 수가!"

감탄이 절로 나왔다.

마요네즈라는 조미료로부터 나온 최고의 향과 달콤한 기름.

그것이 새우의 맛과 조화되어 더욱 폭발적인 맛을 끌어내고 있었다.

마치 마약처럼 중독성이 있는 독특한 맛이었다.

"……지금까지 먹어본 적이 없는 맛이다!"

진한 맛이 오장육부에 스며들었다.

곧바로 잔에 든 와인을 마시고, 다시 새우마요를 입에 넣었다.

덥석, 냠냠…… 와구와구와구와구!

나는 차례차례 새우를 입에 쓸어 넣고 와인을 병째로 마신 뒤, 감탄스러운 한숨을 내쉬며 고개를 끄덕였다.

그리고 다시 새우를 먹고, 와인으로 넘겼다.

그러기를 반복했더니 어느새 들고 있던 와인병이 텅텅 비어 있었다——.

"지금 당장 술을 가져와, 이 바보야! 이런 맛있는 걸 술 없이 먹을 수 있겠냐—— 멍청하긴!"

——마셨다.

실컷 마셨다.

중간에 배가 가득 찼기에 채소 스틱에 마요네즈를 찍어 먹었다. 엘프 모험가들이 추천한 방법이라고 한다.

——솔직히 놀랐다.

다시 와인과 마요네즈 요리의 무한 흡입이 시작되었다.

결국 병나발을 불며 와인 병을 다섯 병이나 비우고 말았다.

완전히 고주망태가 되었다.

"대체 뭔가, 이 조미료는?"

그제야 나는 마요네즈를 담은 병의 라벨로 눈을 돌렸다.

라벨에는 판화로 세긴 글자와 그림이 그려져 있었다.

"……응? 이 마크는?"

소년의 얼굴이 그려진 마크를 가리키며 길드장에게 물었다.

"아아, 맥클레인 인장이에요."

"이거, 엄청 맛있군."

"네, 저도 처음 먹었을 때, 깜짝 놀랐습니다."

"흠. 다음에 윗분들에게 병사들의 식사로 제안해볼까. 맛있는 밥은 훈련의 활력이 되니까."

——이리하여.

맥클레인 인장이 찍힌 하얀 소스는 순식간에 도시를 석권하게 되었다.

사이드: 류토=맥클레인

시간이 흘러 일주일 후.

마요네즈는 이제 상류계급 사이에서 유행을 타고 있었다.

그리고 자연스럽게 귀족의 자제가 많은 마법학교의 식당에도 마요네즈 병이 눈에 띄기 시작했다.

"일이 너무 커진 것 같은데?"

아침, 식당에서 채소 스틱을 먹으며 코델리아가 나에게 말을 걸었다.

"뭐, 마요네즈니까."

이 세계의 식생활은 이상할 만큼 발전이 없었다.

잔뜩 굶주린 아이들에게 햄버거를 주면 어떤 표정을 짓겠는가.

지금의 마요네즈는 그런 느낌이었다.

당연하다면 당연한 결과였다.

그때 릴리스를 본 코델리아가 경악했다.

"릴리스…… 너…… 빵에 마요네즈를 바른 거야?"

"……정확히는 머스터드소스."

아, 샌드위치 만들 때 자주 발랐지.

속재료를 올리기 전에 빵에 바르면 진짜 맛있는데.

"조금 먹어볼 수 있을까?"

그러자 릴리스가 마지못한 표정으로 코델리아에게 샌드위치를 내밀었다.

"아, 이거 정말 맛있네. 이렇게 먹는 방법도 있구나."

코델리아가 샌드위치를 맹렬한 기세로 마구 먹어치웠다.

"릴리스, 또 다른 건 없어?"

"……할 수 없지. 특별히 가르쳐줄게."

그러며 릴리스가 주머니에서 마요네즈 병을 꺼냈다.

"어…… 뭔데 그게 주머니에서 나와?"

"……내 마요네즈."

"항상 갖고 다녀?"

릴리스가 고개를 끄덕이며 숟가락을 꺼내 마요네즈를 뜨더니, 그대로 홍차에 집어넣었다.

"……사람들은 나를 마요러라고 불러."

릴리스는 홍차에 마요네즈를 넣었다.

일부러 두 번 말했다.

"으엑······."

"윽······."

아무리 좋아도 저건 아니지.

나와 코델리아는 동시에 질겁했다.

영국인 마요러는 우유 대신 마요네즈를 홍차에 넣는다는 소문을 들은 적이 있지만, 아무리 그래도······.

나라도 이건 질색이다.

나는 눈앞의 광경에서 눈을 돌리다가 문득 코델리아와 눈이 마주쳤다.

"응? 왜, 코델리아?"

"이전부터 묻고 싶은 게 있었는데."

"뭔데?"

"환생자가 뭐야?"

어이쿠······.

나는 무심코 앞에 놓인 차를 단숨에 들이켰다.

그리고는 생각에 빠졌다.

가능하면 계속 몰랐으면 했는데 말이지.

하지만 언젠가는 설명했어야 할 일이다. 내가 이쪽으로 넘어오기 전 세상도, 이쪽에서 튜토리얼로 보낸 시간도.

과연 코델리아는 내가 미래를 알고 움직였다는 걸 알았을 때, 뭐라 생각할까.

"또 있는데."

"……뭔데?"

"왜 나에게 그렇게까지 신경 쓰는 거야? 그냥 소꿉친구라고 마을사람이 그렇게까지 하지는 않잖아, 보통?"

아, 이런.

그 질문을 결국 꺼내는 겁니까? 아니, 오늘 처음도 아닌가 이건.

하지만 이 질문은 아까보다 말하기 어렵단 말이지. 이걸 설명하려면 반드시 그 녀석의 이야기를 해야만 하니까.

"으음…………."

"어차피 날 좋아해서 하는 건 아니잖아?"

"그야 뭐……."

'지금까지'는 그랬다. 하지만 앞으로도 영원히 그렇다는 보장은 없다.

코델리아는 좋은 인품을 가지고 있고, 무엇보다 굉장한 미인이다.

하지만, 솔직히 지금 연애 감정이 없는 것도 사실.

솔직히 나이 차이가 너무 많이 나잖아…….

이전의 세계와 튜토리얼로 보낸 시간, 그리고 지금 보내고 있는 시간을 합치면 거의 손녀 수준이라고?

몸이야 어쨌든 내 정신은 진작에 10대의 마음을 잃어버렸다.

아니, 애초에 나의 마음에는 계속 그 녀석이 들어 있어서…….

"역시 즉답인가…… 조금은 기대했는데."

코델리아가 눈을 내리깔았다.

그리고 포기한 듯이 허탈하게 웃으며 말을 이었다.

"하지만 지금은 괜찮아. 알고 있던 일이니까. 그래서, 왜야?"

"…………."

"왜 류토는 나에게 그렇게까지 신경 써주는 거야?"

으아…… 이걸 어쩌나…….

──몹시 곤란하다. 가능하면 그 녀석의 일은 누군가에게 말하고 싶지 않다.

코델리아의 진지한 눈빛에 나는 머리를 싸맸다.

사이드: 코델리아=올스톤

"──도망가버렸네."

식당에서 그 녀석이 먹다 남긴 음식을 바라보며 나는 한숨을 쉬었다.

오늘이야말로 답을 들을 생각이었는데.

결국 대답을 얼버무리더니 허둥지둥 도망갔다.

"…………."

이것도 큰 용기를 내어 한 질문이었다.

그 녀석이 나를 소중하게 여기는 것은 안다. 나도 마찬가지니까.

아니, 다르구나. 나는 그에게 소꿉친구 이상의 감정을 품고 있다.

따라서 그는 나의 특별한 사람이다.

혹시 그도 나를…… 하는 생각을 안 해본 것도 아니고, 실제로 그런가? 싶을 때도 있지만.

무언가가 다르다. 그가 품은 건 연애 감정이 아니다.

만약 그가 나와 같은 마음이라면, 떨어지기 싫어서 용의 마을에 몇 년이나 갈 수 있을 리가 없다.

릴리스를 데리고 온 세상을 돌아다니지도 않을 것이다.

이대로 덮어둘 수도 있었지만, 용기를 내 물어보았다.

그리하여 류토가 나에게 연애 감정을 품고 있지 않다는 것이 확실해지더라도…….

그 녀석이 나에게 소꿉친구 이상으로 중요한 무언가…… 그런 감정을 품고 있는 것은 분명하다.

그의 마음 깊은 곳에 숨겨진 그 감정이 무엇일까…… 나는 그것이 알고 싶었다.

그의 온몸에 남은 무수한 흉터.

상식을 초월한 힘.

단순히 자랑할 생각이었다면 그만큼 하지도 못했겠지.

그런 생각만으로 그만큼 강해졌다면 용사 따윈 필요 없다.

──그럼 그 녀석은 대체 왜……?

멍하니 그런 생각을 하고 있는데 릴리스가 나의 옆에 앉아 홍차를 마시기 시작했다.

"……코델리아=올스톤?"

"왜?"

"……나는 네가 싫어."

"뭐, 나도 널 좋아하진 않아."

"……하지만 지금은 어쩔 수 없어. 공동전선을 펼치자."

"공동전선?"

"……류토는 비밀주의야."

"그건 그렇지."

"……그리고 인정하고 싶지 않지만 나와 너는…… 연애 상대로
보지도 않고 있지."

"돌직구네. 그래서 어떻게 할 건데?"

"……류토의 마음에는 다른 여자가 사는 것 같아."

"다른 여자……?"

무슨 뜻이지? 내가 고개를 갸웃하자 릴리스가 고개를 끄덕였다.

"……류토는 외지를 나돌 때를 제외하고는 매달 20일에 꽃과 여
성용 액세서리를 사곤 해. 아니, 거의 틀림없이 매번 사고 있어."

"그게 어쨌는데?"

릴리스가 굳은 얼굴로 고개를 가로저었다.

"……혹시 이미 다른 여자가 있을지도 몰라. 꽃과 액세서리는
그 여자에게 주는 선물이겠지."

"하지만 너희는 온 세상을 돌아다녔잖아? 어디를 방문했을 때
만 그런 거 아니고?"

릴리스가 다시 고개를 가로저었다.

"……아니야."

"그렇다면──."

"……그래도 우편은 보낼 수 있어."

흐음…….

나는 잠시 생각하다 주머니에서 수첩을 꺼냈다.

"20일은 다음 주 일요일이지?"

"……맞아."

"그럼 공동전선이란?"

"……같이 류토를 미행하자."

"미행이라니 왜?"

"……지금까지 나는 류토가 꽃과 여성용 액세서리를 사는 현장을 몇 번이고 목격했어."

"근데?"

"……문제는, 류토가 그 물건을 어떻게 했는지를 몰라."

"왜 그 자리에서 류토에게 묻거나 바로 미행하지 않았어?"

"……무서워서."

아아, 그런 것인가.

나도 오늘 류토에게 묻기 전에 상당한 각오를 하고 임했으니까.

"답을 아는 게…… 아니지, 추측이 확신으로 바뀌는 것이 무서웠던 거지?"

"……바로 그거야."

"같은 처지인 나와 같이하지 않으면 무서워서 확인할 수도 없다는 거구나."

철 가면 같은 표정이라 멘탈도 철인 줄 알았더니, 릴리스도 평범한 사람이구나.

그렇게 생각하니 나도 모르게 미소가 번졌다.

"의외로 귀여운 구석이 있네."

나의 말에 릴리스는 순간 기가 막힌 표정을 지었으나, 곧 퍼뜩 놀라 숨을 들이켰다.

그리고 잠시 수줍어하더니—— 마지막에는 볼을 크게 부풀렸다.

정말 조금은 귀여운 면이 있는 것 같아 나는 웃음을 터뜨렸다.

그나저나 여기까지 와서 제3의 여자라고……? 뭐, 가능성이 전혀 없는 건 아니지만.

확실히 나도, 릴리스도 연애 대상으로 보지 않는다면, 달리 마음에 둔 사람이 있다는 말도 신빙성이 있다.

——그런 연유로 나와 릴리스는 팀을 짜서 류토를 미행하기로 했다.

사이드: 숲의 사냥꾼

——미로의 숲.

나는 마물이 사는 숲을 사냥터로 삼은 사냥꾼이다.

옛날에는 활잡이로 모험가 일을 하여 생계를 꾸려나가기도 했다.

그러나 쉰이 넘으니 몸이 말을 듣지 않아 힘들어졌다.

지금은 사냥꾼으로 지내고 있지만, 이마저도 어릴 때부터 사냥하던 사람들에게는 당해낼 수가 없었다.

활 솜씨는 사냥꾼들보다 능숙하다는 자부심은 있었으나.

짐승의 흔적을 찾는다던가, 그런 사냥꾼의 경험이 부족했다.

무작정 사냥터로 나섰으나 연일 허탕만이 있을 뿐. 이대로는 굶어 죽겠다 싶어, 나는 약한 마물이 활보하는 숲을 사냥터로 골랐다.

사냥 실력이 없다면, 모험가의 실력으로 할 수밖에.

그렇게 나는 라이벌이 없는 숲에서 사냥을 시작했다. 마물과 마주친 경우에는 잡아서 모험가 길드에서 소재를 팔기도 했지만…….

오늘은 약간 위험한 상황이었다.

"──실수했군."

오른손을 물려 못 쓰게 되었다.

다 나으려면 두 달쯤 걸리려나. 도시에서 프리스트에게 치료를 받아야 할 것 같다.

"하필이면 배틀 울프 놈이랑 마주치다니…….."

미로의 숲에는 마물이 살지만, 깊이 들어가지 않는 한 그렇게 위험한 녀석이랑 마주칠 일은 없었다.

애초에 나는 거친 일로부터 물러났기에 되도록 위험한 마물과 마주치는 일이 없도록, 짐승이 다니는 숲의 입구 언저리에서만 돌아다녔다.

오늘도 변함없이 숲의 입구 언저리에 있었다.

그런데 거기서 상상조차 하지 않은 D랭크 마물, 배틀 울프 무리와 마주쳤다.

녀석들이 무리 지어 있을 때는 C랭크로 분류한다. 베테랑 모험가라도 혼자 대처하기 어렵다.

그리고 나는 만년 D랭크의 늙은이다. 정면으로 싸운들 승산은 없었다.

마주치자마자 스킬을 마구 써가며 간신히 한 마리를 쓰러뜨릴 수 있었을 뿐이다.

그러나 상대는 다수.

활을 아무리 잘 쏜들, 적이 코앞까지 다가온다면 대응 수단이 없었다.

나는 마물을 쫓는 냄새 구슬을 쓴 뒤, 미친 듯이 도망쳤다.

"되는 일이 없군……!"

정신없이 도망친 탓에 상처가 났다.

놈들은 날카로운 후각을 가지고 있다.

이쪽은 바닥에 피를 흘리고 있는 상황.

날 찾는 데는 그리 오래 걸리지 않을 것이다.

나는 쉬지 않고 마을을 향했다.

마을에 가까워질수록 이쪽이 유리하다.

걸어가기를 10분…… 아니, 20분인가.

출혈 탓에 머리가 멍해졌다. 시간 감각이 무뎌져 가는 것이 느껴졌다.

발은 납처럼 무거웠고, 숨이 찼다.

아무래도⋯⋯ 내 기력이 다해가는 모양이다. 배틀 울프에게 잡히기 전에 실혈로 죽게 생겼다.

커다란 나무에 등을 기대고 물을 마시려 배낭에서 물통을 꺼내던 차에 나는 웃음을 터뜨렸다.

"⋯⋯네놈이 날 잡으러 온 사신이구나."

대단한 배틀 울프였다.

무리의 우두머리인지 다른 개체보다도 배는 컸다.

뭐, 어차피 죽는다면 보스에게 죽는 게 그나마 모험가 체면이 살겠지.

오르토로스나 케르베로스가 아닌 게 좀 아쉽지만──.

그것들은 내가 범접할 수 없는 수준의 마물이다. 그만한 거물이라면 나도 저세상에서 어머니에게 자랑할 수 있을지도 모르겠다.

그러나 녀석은 날 공격하기는커녕 털을 곤두세웠다.

꼬리가 내려가고, 귀가 처지더니 눈물을 글썽였다.

직후──.

──배틀 울프의 우두머리가 옆에서 나타난 그림자에 덥석 물려 그대로 몸통의 절반이 입 모양으로 잘려나갔다.

뚝뚝뚝.

숲속에 울려 퍼지는 깨갱거리는 소리.

내장이 흘러나와 떨어지더니 배틀 울프가 풀썩 쓰러졌다.

주위에 흩어져 있던 배틀 울프들이 도망치는 소리가 나무를 흔들고, 놀란 괴조의 괴상한 울음소리가 울려 퍼졌다.

그리고 나는 보았다.

"오르토로스……?!"

A랭크 마물이 여기 있다고?!

이런 거물은 현역 시절에도 본 적이 없는데?!

배틀 울프의 우두머리보다도 몇 배는 크고, 그 수십 배는 강한 늠름한 자태.

오르토로스는 나를 본 척도 안 하고 유유히 숲 안쪽으로 그냥 사라졌다.

"배틀 울프 무리를 쫓아왔나……? 지금부터 한바탕 사냥할 셈인가?"

아무튼 나는 물통에서 물을 들이켜고 숨을 고른 뒤 일어섰다.

"천만다행이야. 얼른…… 돌아가자……."

사이드: 리즈

"그런데 여보…… 무섭지 않아?"

"무슨 말이에요, 여보?"

"배틀 울프 말이야. 어젯밤에 당신도 봤잖아? 녀석들이 미로의 숲에서 이 부근까지 원정을 나온다는 말이 사실인 것 같다고."

"그러게요, 이래서는 밖에 나갈 수 없겠어요."

두 분이 그런 이야기를 하고 있었습니다.

릴리스 언니의 마법학교 기숙사 방에 언제까지고 있을 수가 없었던 저는 류토 오빠의 부모님에게 신세를 지게 되었습니다.

두 분 다 좋은 분들입니다.

우리가 식탁을 둘러싸고 앉아 있는데, 문득 밖에서 우당탕 소리가 들렸습니다.

급히 두 사람이 창가로 달려가더니──.

"여보! 봐요! 오르토가── 커졌어요!"

어제 제가 봉인을 풀어주었습니다.

이걸로 오르토는 오르토로스의 힘을 발휘할 수 있습니다.

"아니, 오르토가 물고 있는 건…… 배틀 울프?!"

"여보! 봐요! 오르토가 배틀 울프의 사체를 옮기고 있어요!"

"배틀 울프 무리를 혼자서 사냥한 건가?! 베테랑 모험가가 혀를 내두르는 상대인데?!"

저는 그제야 의자에서 일어나 두 사람에게 걸어갔습니다.

"어제, 두 분이 배틀 울프를 무서워한다고 오르토에게 말했습니다."

"리즈……? 무슨 말이니?"

"오르토는 저걸로 두 분이 안심해도 된다고 말하고 싶은 겁니다."

"리즈는 오르토와 말이 통하는 거냐?"

저는 고개를 끄덕였습니다.

"이만한 마수는 인간의 말을 알아들으니까요. 류토 오빠가 이 집에 오르토를 둔 건 경비견으로 쓰라는 뜻 아닐까요."

그 말에 류토 오빠의 아버지가 턱에 난 수염을 매만지며 무언가를 생각했습니다.

"오르토는 류토가 길들인 거지?"

"네. 맞아요."

"이렇게 강한 마수를 마음대로 다루다니…… 혹시…….."

무언가 깨달은 듯 류토 오빠의 아버지가 눈을 크게 떴습니다.

"이거 틀림없어, 여보……!"

류토 오빠의 어머니도 무언가를 깨달은 듯 자랑스럽게 가슴을 폈습니다.

"그래요, 어릴 때부터 정말 귀여웠잖아요. 그 애는 분명 다른 아이와 다른 천재적인 무언가를 갖고 있다고…… 언제나 생각했어요. 그야…… 그렇게 귀여우니까!"

귀여움과 천재는 전혀 상관없습니다.

하지만 그런 건 전혀 개의치 않으시는지 두 분은 대화를 이어 나갔습니다.

"우리 아들은——."

"그래요, 우리 아들은——."

""몬스터 테이머의 천재야!""

"자기보다 강한 마수를 길들이다니 정말 대단해!"

"맞아요, 옛날부터 말은 잘하더니—— 그게 테이머라는 재능이 되어…….."

그 모습에 저는 화들짝 놀라 숨을 들이켰습니다.

"저기…… 설마 모르는 건가요? 오빠의 실력을?"

"알다마다! 무슨 수를 써서 아르테나 마법학교에 들어갔는지는 모르겠다만 어쨌든 마을사람인 신분으로 어려운 입학시험을 통과했으니까! 그 녀석은 그런 재능이 있던 거야! 마수도 길들였고!"

"맞아요, 정말 대단한 아이예요!"

"으하하! 개천에서 용이 났구나!"

아무래도 착각을 하고 계신 모양입니다.

그래도 일단 두 분은 류토 오빠가 대단하다고 생각하나 봅니다.

마냥 틀린 말도 아니므로 지금은 그냥 내버려 두기로 했습니다.

하지만…… 저는 한숨이 나옵니다.

여기 두 분은 류토 오빠가 있는 한 밝은 미래가 기다리고 있겠지요.

류토 오빠는 좋은 사람입니다. 저에게도 친절하게 대해주니까요. 만약 그 사람에게 솔직히 털어놓는다면…… 저는 살아남을 수 있을지도 모릅니다.

──그래요, 그렇게 하면 저는 행복해질 수 있습니다.

저는 우울한 기분으로 허름한 집의 창문을 통해 별이 뜬 하늘을 올려다보았습니다.

"어째서 다들…… 행복해지는 거야? 나만…… 나만이…… 이런 일을…… 히미즈 언니…… 나는…….."

강하게 입술을 깨물자 그저 비릿한 맛이 났습니다.

사이드: 류토=맥클레인

"뭐? 상업권?"

어머니가 보낸 편지를 읽어보니 조금 일이 성가셔지고 있었다.

베니슨 상회—— 가만, 얼마 전에 들은 이름이잖아. 금발 롤머리의 집 아니었나?

아무튼, 이 부근의 상권을 장악한 베니슨 상회로부터 마요네즈 판매를 중단하라는 연락이 왔다.

상인도 아닌 사람이 대대적으로 장사를 해서는 안 된다는 모양이다.

즉, 맥클레인 인장이 찍힌 마요네즈가 문제였다.

사실 그 라벨의 마크는 넣고 싶지 않았다. 내 얼굴이 선명하게 판화로 찍혔으니.

베니슨 상회의 말이 옳았다.

세금도 내야 하고, 여러 문제를 포함하여 상인 길드가 관리하고 있으니 멋대로 장사를 해서는 안 된다는 말이다.

"다만 이건 바가지인데……."

마요네즈는 한 병에 동화 서른 개(일본으로 치면 3천 엔 정도)에 팔고 있다.

뭐, 일본으로 치면 너무 비싸지만, 원재료비와 수고비, 유통비용을 생각하면 그리 악질적인 가격도 아니었다.

베니슨 상회는 물건을 파는 대신 도매를 모두 이쪽에 맡기라고

했다.

다만, 그 도매가격이 문제였다.

지금까지는 모험가 길드가 도매를 대신하고 있었다.

길드장 아저씨와는 친분이 있었으므로 거의 공짜나 다름없는 가격이긴 했지만.

대신 나중에 S랭크 의뢰를 잔뜩 맡아 달라는 말과 함께 흔쾌히 수락해주었으니, 정말 길드장과 친하고 볼 일이다.

그러나 베니슨 상회는 최종 가격의 40%를 가져가겠다고 했다.

즉, 동화 서른 개에 팔면 그중 열두 개를 가져가겠다는 뜻이다.

운송비며 제반 경비를 생각하면 말도 안 되는 이야기였다.

그렇게 하려면 결국 가격을 올려야 하는데 마요네즈 한 병에 동화 50~60은 너무 비쌌다.

그런 연유로 마법학교의 휴일, 그날의 준비를 위해 액세서리를 보러 시내로 나온 나는 점심을 먹기 위해 들어온 가게에서 머리를 싸매고 있었다.

"요는 상업권이 문제라는 건가."

수요가 적은 지역에서 상품을 들여와 수요가 많은 지역에 판다. 교역을 간단히 표현하면 이렇다. 물론 상인 자체는 재화를 생산하지 않는다.

대신 중간에서 유통 이익을 챙긴다.

만에 하나 상회끼리 카르텔을 형성해 가격 담합이라도 하는 날에는 막대한 이익을 내리라.

물론, 그곳은 기득권을 유지하기 위해 서로 등쳐먹는 세계이므로 가격 담합이 그리 쉽게 일어나지는 않겠지만.

요약하자면, 상인은 경쟁자가 없는 편이 훨씬 속 편하다는 이야기다.

상회가 도매 이야기를 꺼낸 건 그런 맥락이다.

그때 뒤에서 테이블을 내려치는 소리가 들려왔다.

"저희는 당신의 아내와 딸을 모두 유곽에 팔아도 상관없습니다만?"

"제발! 어떻게든 안 되겠나?"

돌아보자 금발의 긴 머리에 안경을 쓴 인상이 부드러운 남자와 꾀죄죄한 차림의 아저씨가 테이블을 끼고 마주 앉아 있었다.

"당신이 우리 베니슨 상회와의 거래로 진 부채는 금화 스무 개(일본으로 치면 2천만 상당)입니다. 물론, 오늘 중으로 모두 갚으면 아무 문제도 없지만요."

"그런 돈을 마련할 수 없다는 건 당신이 제일 잘 알잖아?!"

"당신이 지닌 상업권을 우리 상회에 금화 열 개에 사줄 수도 있습니다. 동화 하나 깎지 않고 사드리죠."

"……그건 금화 열 개로 팔지."

남자가 싱긋 웃으며 고개를 끄덕였다.

"그럼 나머지 금화 열 개는 따님 한 분당 다섯 개씩, 두 명을 성노예 업자에게 팔면 되겠군요. 이걸로 빚을 다 갚으셨습니다. 잘됐군요…… 사모님까지 빼앗기지 않아서."

"그러니까 그건 조금만 더 기다려줘……!"

"금전 변제는 불가능하다고 판단했습니다. 기다릴 수 없어요. 변제 불능일 경우 즉시 징수—— 이것이 베니슨 상회의 규칙입니다."

그 모습에 나는 한숨을 내쉬었다.

"정말 악질적이군…… 베니슨 상회."

배니슨 상회가 들먹이는 '상업권'이란 쉽게 말해서 상인들의 영역에 발판을 들일 권한이다. 본래는 금화 30개는 할 터.

아무래도 정상이 아닌 방법으로 값을 후려친 듯하다.

"그나저나 유감이군요, 따님은."

"당신들이 터무니없는 바람을 넣으니까……!"

울먹이는 아저씨에게 남자가 다시 미소를 지었다.

"뭐, 아이는 또 노력해서 만들면 되지 않습니까? 아 참, 사모님은 이미 폐경이실 테니 아이는 만들 수 없으시겠군요. 기적을 바라셔야 할 것 같습니다."

"어떻게든…… 정말 어떻게든 안 되겠나?"

"절대 안 됩니다. 아, 그렇죠, 한 가지 좋은 제안이 있습니다. 저희도 그렇게까지 나쁜 사람은 아니거든요."

아저씨의 표정에 희망의 빛이 켜졌다.

"좋은 제안이란 게 뭔가?"

"이곳의 식사비 동화 30개(3천 엔 상당)는…… 눈물을 머금고 저희 상회가 싸게 해드리지요."

말과 동시에 아저씨의 얼굴이 비통한 표정으로 바뀌었다.

"——크……윽……!"

"왜 그러십니까?"

"이 나쁜 놈……! 악……마……!"

"너무 말씀이 심하시군요. 금화 20개를 이 자리에서 만들 수 있다면 저희도 악마가 되지 않고 넘어가겠습니다만……."

남자가 안경을 오른손 중지로 밀어 올리는 모습을 보며 나는 자리에서 일어섰다.

나는 이런 느낌의 안경 캐릭터만 보면 짜증이 난단 말이지.

어딘가의 누가 떠올라서.

"이야기는 잘 들었어."

나는 주머니에서 금화 열 개를 꺼내 아저씨와 남자가 앉은 테이블에 쌓았다.

이른바 골드타워라는 거다. 순식간에 온 식당의 시선이 나에게 쏠렸다.

"상업권이라고 했나? 그거, 내가 사지."

안경 남자가 놀라 목소리를 떨며 말했다.

"아, 아니, 변제 금액은 금화 20개입니……."

나는 주머니에 손을 넣으며 히죽 웃었다.

"골드타워 하나 더."

안경을 낀 남자의 얼굴이 창백해지는 것을 보며 나는 다시 주머니에 손을 넣었다.

"거기에 골드타워 하나 더. 이게 상업권의 시세지?"

"팔겠네!"

쌓여 있는 금화 서른 개를 보며—— 안경을 낀 남자는 그저 그 자리에서 부들부들 어깨를 떨었다.

그나저나 나도 금전 감각이 꽤 이상해졌는걸.

물론 금화 서른 개는 푼돈이 아니지만…….

일이 이렇게 되었으니 할 수 없다.

──그리고 2주일이라는 시간이 흘렀다.

사이드: 아놀드=마테오

나의 이름은 아놀드=마테오…… 장년의 제과사이다.

라쿤 왕국에서 창업 200년의 역사를 자랑하는 가게를 경영하고 있고, 귀족 고객도 많았다.

당시에는 그럭저럭 수익도 높았기에, 어린 시절에는 돈 때문에 힘든 일은 없었다.

그러나 최근 들어 문제가 생겼다.

옛날부터 거래하던 상회가 신흥 베니슨 상회에 악질적인 방법으로 흡수되었고, 그 뒤로 악몽이 시작되었기 때문이다.

매입도 베니슨 상회라면, 제과의 도매 거래도 베니슨 상회와 해야 했다.

생명줄 같은 상품의 흐름이 악명 높은 베니슨 상회에 완전히 붙잡힌 것이다.

나는 거래처가 바뀐 지 10년이 되지 않아 집을 내놓아야 했다.

간단히 말하면 고객인 왕후귀족과 연결고리를 맡은 베니슨 상회가 물건을 터무니없이 싼 가격에 가져갔기 때문이었다.

이미 이 나라의 상인 길드까지 손에 쥔 베니슨 상회는 직공 길드에까지 손을 뻗치고 있었다.

안정적이던 생산과 유통을 파괴하고, 베니슨 상회에 상납금을 바치기만 할 뿐인 물류 시스템을 만들려고 했다.

직공을 일방적인 생산 도구로 부리려고 했다.

베니슨 상회를 방해하는 자들은 그 자리에서 제거당했으니, 살아남은 직공은 그나마 다행인 편이었지만.

우리 가게는 이 선택조차 받지 못했다.

매월 큰 적자 탓에 가구를 포기하고, 집을 포기하고, ⋯⋯이제 가게를 팔아야 할 상황이었다.

손님이 없는 건 아니지만, 베니슨 상회의 가격으론 적자가 늘어날 뿐이었다.

지갑에는 이제는 은화 열 개 정도밖에 남아 있지 않았다.

설탕 한 봉지나 살 수 있을지 어떨지.

남쪽 지방에서는 싸게 구할 수 있는 모양이지만, 여기는 그렇지 않다.

하지만 과자의 생명인 설탕 없이는 아무것도 할 수 없다.

"오늘 설탕을 구하지 못하면 폐업하자."

왕성에 있는 지인의 과자점에 자리가 있는지라도 알아봐야 할까.

나의 선배이며 아버지의 애제자이기도 했던 사람이다.

나는 사정을 설명하고 부탁하면 어떻게든 되지 않을까 생각하며 시장—— 설탕 판매장에 도착했다.

"⋯⋯응?"

설탕은 베니슨 상회가 독점하고 있을 터인데 그날은 다른 업자
도 들어와 있었다.

그 업자 앞에는 많은 사람이 모여 있었는데 30개쯤 되는 설탕
봉지가 쌓여 있는 걸 모두 멀리서 의심스럽게 바라보고 있었다.

"……은화 2개라고?"

시세의 5분의 1?

다시 보니 알고 있는 얼굴이었다. 나와 마찬가지로 베니슨 상
회에 시달리다 먼저 파산으로 내몰린 상인이었다.

상업권을 빚 대신 빼앗겼을 텐데? 이 남자도 다른 가게에 들어
갔나?

"저기…… 가격을 잘못 쓴 거 같은데요?"

그러자 상인이 빙그레 웃으며 말했다.

"은화 2개 맞소."

뭐지? 신규 오픈의 고객 몰이인가?

순간, 가격을 들은 사람들이 갑자기 몰려들기 시작했다.

"내 거야!"

"아니, 내 거라고!"

"내가 살 거야아아아아아!"

각자 설탕 봉지로 달려드는데, 주인을 향해 작은 주머니를 건
네려는 남자가 한 명 있었다.

"이 시장의 규칙은 먼저 돈을 낸 사람이 이기는 거라고! 설탕
30봉지의 값── 은화 60개로 모두 사겠어, 주인장!"

그러자 주인이 쓴웃음을 지었다.

"……인기상품인 듯하니 한 사람당 한 봉지만 팔겠습니다."

그 자리에서 남자가 어깨를 늘어뜨렸다.

결국 200명 이상이 설탕 봉지로 몰려들어 추첨 판매를 했다.

그리고 나는 운 좋게 설탕을 구해, 폐업 날짜를 미루는 데 성공했다.

돈이 남았으니 달걀과 밀가루도 살 수 있겠구나.

"그나저나 시세의 5분의 1이라고? 어떻게……?"

사이드: 류토=맥클레인

"……류토?"

이른 아침의 상쾌한 공기와 바람.

아르테나 마법학교의 기숙사에서 교실로 향하던 도중, 릴리스가 나에게 싸늘한 시선을 보냈다.

"왜 그래, 릴리스?"

"……요즘 단독행동이 많아."

"딱히 지금은 너와 같이 여행을 하는 게 아니니까."

"……수상해."

"수상하다니 뭐가?"

릴리스가 더욱 싸늘한 눈으로 나를 응시했다.

"…………."

"…………."

"…………."

"…………."

그저 아무 말 없이 바라보았다.

아니, 조금 울먹이고 있었다.

"……나는 비밀주의자가 싫어."

"무슨 소리야?!"

대체 뭐야, 이 녀석…… 하고 생각하며 나는 릴리스에게 물었다.

"너에게 맡겨둔 아버지와 어머니의 그 일은 어떻게 되어가고 있어?"

"사탕무의 수확은 끝났어. 류토가 전에 상업권을 사들인 상인을 통해 시장에 유통경로도 확보했고."

"계획대로 오리지널 설탕 생산 공장은 보여 줬고?"

"……주술식으로 입막음 약속도 해놓았으니 정보유출의 걱정도 없어."

지구의 역사에도 사탕수수가 퍼지기 전까지 중세 유럽에서 단맛을 내던 식품은 꿀이었다. 혹은 과일이거나.

거짓인지 진실인지, 달콤한 풀이 있다…… 그런 말에 알렉산더 대왕이 인도까지 원정을 떠난 것도 유명한 이야기이다.

이 세계에도 지구와 비슷해서 그런지, 사탕수수는 남쪽 지방이 주 생산지였다.

물론 거기서 들여오면 엄청난 수송비용이 들기 때문에, 이곳의 정제된 설탕은 눈이 뒤집힐 만한 가격이 되어있었다.

대항해시대 이전은 동량의 후추가 황금과 같은 가치였던 것과 비슷하다고나 할까.

그래서 내가 준비한 것이 바로 사탕수수와 비슷한 사탕무였다.

사탕무는 홋카이도에서도 재배가 가능할 만큼 추위에 강하다. 북쪽의 용사 코델리아의 고향에서도 재배할 수 있으리라.

그냥 먹으면 맛없는 무에 불과하므로, 지금까지 재배한 사람이 없을 뿐.

그러나 나에게는 현대지식이라는 비기가 있다. 사탕무는 조려서 설탕을 만들 수가 있다.

"뭐, 일단은 저 설탕이 어떻게 나오는지 알아야지. 뭘 파는지도 모르면 영업을 할 수 없으니."

"……응."

"운송 비용이 빠지면 5분의 1 가격으로 팔 수 있다는 걸 알았을 때 상인의 표정이 궁금하군."

잠시 생각하던 릴리스가 웃음을 참으며 입가를 가렸다.

"……기절했어."

"그렇겠지. 뭐, 기절하는 건 조금 거창한 비유지만."

그 말에 릴리스가 고개를 가로저었다.

"……진짜 기절했어, 거품 물고. 어머님이 걱정하느라 큰일이었어."

"고향을 구출 작전은 순조로운 것 같네. 처음 내놓은 설탕이 큰 호평을 받았어. 이렇게 당분간 설탕을 싸게 판 뒤…… 최종 단계로 이행한다. 그러면 마을 사람들을 데려올 수 있어."

어디, 다음 주쯤에 코델리아를 데리고 부모님 집에서 설탕과자 품평회라도 열까.

사이드: 코델리아=올스톤

"드디어 결행의 날인 20일이네."

나의 말에 릴리스가 고개를 끄덕였다.

"······류토는 정기적으로 여자 액세서리를 사고 있어. 그 진의를 확인할 때야."

아르테나 마법학교의 달력은 지구의 달력과 비슷하다.

즉, 일요일과 공휴일, 연말연시는 휴일이다.

농촌이나 변경의 마을 등에서는 휴일이라는 개념 자체가 존재하지 않지만······.

뭐, 아무튼 오늘은 휴일 낮.

현재 점심을 먹고 혼자 기숙사에서 외출한 류토를 미행하고 있다.

"그런데 릴리스? 그 차림은 뭐야?"

나는 눈에 띄지 않도록 차분한 색깔의 원피스를 입고 나왔다.

그런데 약속 상대는──.

──닌자가 되어있었다.

검은 옷을 입고 의욕이 넘치는 릴리스가 자신만만하게 대답했다.

"미행이라고 하면 은밀 행동. 그리고 은밀 행동이라고 하면——닌자. 용의 대도서관에 있는 동방의 책에도 그렇게 쓰여 있었어."

"맞아! 미행이라고 하면 닌자지! 닌자옷을 입고 보이지 않게 숨어 거리를 돌아다니는——이 아니잖아! 대체 대낮부터 밤에 쓰는 위장복을 입는 바보가 어디 있어! 오히려 너무 눈에 띄잖아!"

태어나서 처음으로 맞장구를 치다 딴죽을 걸었다.

그나저나 전부터…… 특이한 애라고 생각했는데, 아무래도 정말 독특한 성격인가 보다.

"무슨 말이야, 코델리아=올스톤. 그런 바보 같은 이야기가 있을 리가 없어. 은밀한 행동은 바로 닌자라는 뜻이야."

"릴리스, 잘 생각하지 않을래?! 정말 눈에 안 띄는 것 같아?"

"아니, 용의 대도서관에서 본 동방의 책에도 그렇게 쓰여 있었어. 틀림없어."

"네 머리로 잘 생각해보라니까? 책에 쓰여 있는 말이 꼭 옳은 것은 아니잖아?"

릴리스는 잠시 무언가를 생각하다 무언가를 깨달은 듯 화들짝 놀라 눈을 크게 떴다.

그러고는 기숙사를 향해 걸어가기 시작했다.

"어디 가?"

"……방에 가려고. 갈아입고 올게."

아무래도 알아챈 모양이다.

"류토를 놓치면 안 되니까 서둘러."

"……알겠어."

그리고 몇 분 뒤.

기숙사에서 나온 릴리스가 자신만만하게 나왔다.

"이제 완벽해."

으음…….

이건…… 아, 동쪽의 용사와 만났을 때 봤던 그거다.

가부키라는 공연에 나오는데, 새까만 의상을 입고 무대에 등장하여 공연을 돕는 역할을 하지만 관객은 그가 보이지 않는다는 설정(?)이었다.

소도구 같은 걸 연기자에게 건네는 역할이었지 아마?

──명칭은 쿠로코.

"쿠로코란 관객에게는 보이지 않는 존재. 즉, 이것은 보이지 않는 의상──."

"맞아, 맞아, 관객에게는 보이지 않으니까 당연히 눈에 띄지 않는 의상이지. 난 왜 그 생각을 못 했── 아니, 이게 뭐야!"

만담 같은 일이 벌써 두 번째다. 무슨 장난도 아니고!

설마 내가 이런 짓을 하는 날이 오다니…….

"그럼 가자, 코델리아=올스톤."

당당하게 나서는 릴리스의 귀를 잡고 반쯤 잡아끌어 기숙사로 데려갔다.

"됐으니까 방으로 안내해! 옷은 골라줄 테니까!"

"······아파! 무슨 짓이야!"

"시끄러워, 닥쳐!"

"대체 뭐 하는 거야, 너희들······ 미행해서 어쩔 건데?"

""아······.""

어느새 나타난 류토가 어처구니가 없다는 얼굴로 서 있었다.

"좋아, 그럼 같이 사러 갈까. 이유도 나중에 설명해줄게."

결국 릴리스가 모든 이유를 빠르게 실토했다.

매달 여성용 액세서리를 사러 가는 것이 수상하여 둘이 조사를 진행했다고.

뭐, 그냥 넘어갈 수 있는 상황은 아니었고, 딱히 이쪽도 켕기는 짓을 한 것은 아니었다.

직접 묻기가 거북했을 뿐.

류토도 끝까지 감출 생각은 아니었던 모양이었다.

"딱히 감춘 건 아니야. 뭐, 먼저 말할 생각이 없던 것도 사실이 지만."

그런 연유로 조금 고민한 끝에 류토는 결국 함께 움직이기로 했다.

일단 우리는 시내의 큰길로 나왔다.

그러자 류토는 망설이지 않고 여성용 액세서리를 다루는 가게로 향했다.

"그 녀석은 이런 걸 좋아했는데……."

"그 녀석이라니……?"

가슴이 크게 요동치는 것이 느껴졌다.

역시 릴리스의 말대로 류토는 여자에게 액세서리를 선물할 생각이었다.

릴리스도 나와 같은 마음인지 노골적으로 볼을 부풀리고 인상을 찡그리고 있었다.

그러나 우리는 류토의 애인도 아니므로 화를 낼 처지가 아니었다.

그렇다고…… 그리 간단히 체념하거나 포기할 수도 없었다.

류토는 약 한 시간쯤 고르더니 은으로 만든 심플한 디자인의 피어스를 골라 계산을 마쳤다.

"…………."

"…………."

"…………."

우리 세 사람은 아무 말 없이 걸었고—— 중간에 류토는 설탕 과자를 노점에서 사서—— 도시의 언덕 위 초원에 도착했다.

도시가 한눈에 보일 만큼 경치 좋은 곳이었다.

한낮의 따뜻한 햇볕 아래, 코끝을 간질이는 바람이 기분 좋았다.

그러나 한편으로는 마음이 무거웠다.

그때 무슨 생각인지 류토가 마른 풀과 나뭇가지를 모으기 시작했다.

류토는 그 마른 풀과 나뭇가지를 한곳에 쌓았다.

설마 야영이라도 할 셈인가…… 하는 차에 예상대로 류토는 생활마법으로 불을 붙였다.

마른 풀에 불이 붙으며 더욱 불꽃이 커지더니 금세 나뭇가지로도 옮겨붙었다.

불의 기세가 안정되자 류토는 주머니를 뒤지기 시작했다.

그러고는 아까 산 피어스와 설탕과자를 불 속에 던졌다.

"저기, 류토?"

"……왜 태우는 거야?"

"……속죄야."

"속죄?"

"공양이기도 하고."

"……무슨 말이야?"

"코델리아, 전에 물었지? 환생자가 뭐냐고."

그러자 릴리스가 재빨리 끼어들었다.

"류토……그 이야기…… 정말 해도 괜찮아? 지금까지 코델리아=올스톤에게 일부러 감춘 거 아니었어? 아니, 애초에 이 여자에게 그 이야기를 할 필요는 없다고 생각해."

류토는 릴리스의 말을 오른손으로 제지하고, 고개를 가로저었다.

"이걸 설명하려면 먼저 환생 이야기를 하지 않으면…… 이해가 안 갈 테니까."

나는 가만히 류토를 응시했다.

"류토, 환생이라니…… 무슨 말이야?"

——그리고.

류토는 드문드문 지금에 이르기까지를 나에게 이야기했다.

첫 번째 인생, 두 번째 인생, 그리고 세 번째 인생.

요약해서 들었는데…… 어느새 해가 저물어갈 만큼—— 긴 이야기였다.

★

"이게 내 힘의 비밀이야."

"어째서 이 이야기를 계속 감춰왔어?"

"너는 꾸준히 노력하는데…… 나처럼 치사한 방법을 쓴 놈에게 졌다는 생각을 하지 않기를 바랐거든. 아니, 그게 아니구나."

"아니라고?"

"네가…… 너만은 나를 아무렇지도 않게 사기를 치는 비겁한 인간이라고 생각하지 않았으면 했어."

겸연쩍은 듯한 류토의 얼굴.

류토의 이런 얼굴은 처음이었다.

나는 배를 잡고 웃기 시작했다. 웃지 않고는 배길 수가 없었다.

이 녀석은 그런 별것도 아닌 일로 고민해왔다.

고민하고, 고민해서 말도 꺼내지 못하고. 정말 바보라고나 할까, 의외로 귀여운 면이 있다고나 할까.

"저기, 류토? 수단이 특수할 뿐이지, 그건 비겁한 게 아니야. 아니면 네가 걸어온 길은 치트라는 단어 하나로 표현할 수 있을 만큼 값싼 거였어?"

잠시 생각하던 류토가 대답했다.

"……뭐, 하루하루가 목숨의 위기였던 것만은 확실하지."

"그렇지? 그럼 당당하게 굴어. 아무도 널 욕할 자격이 없으니까."

"아무리 그래도……."

자신이 없는 듯한 류토를 보며 나는 다시 웃음을 터뜨렸다.

세계 최강의 마을사람이 들으면 한심해하겠네.

"답지 않게 왜 그래? 마을사람님?"

"하하, 너에게 그 말을 듣다니 나도 꼴사납네."

"아만타와 싸웠을 때 한 말이잖아. '답지 않네? 용사님'이라면서…… 나중에 다시 떠올리니 조금 짜증 나더라고."

"뭐라고 해야 하나…… 넌 어릴 때부터 변함이 없구나."

"아무튼 왜 액세서리와 과자를 태운 거야?"

"아아, 그건──."

류토는 아까보다 어색하게 말하기 시작했다.

★

113

일본에 있던 시절, 나에게는 여동생이 있었다.

성격이 강하고 당당하면서…… 반대로 수줍음이 많고 솔직하지 못한 면도 있었다.

맨날 싸우기만 했지만, 그래도 사이좋은 남매였다. 적어도 나는 그렇게 생각한다.

내가 고등학교 3학년, 동생이 고등학교 1학년이었을 때 사건이 일어났다.

시부야의 스크램블 교차로를 걷던 중, 대낮임에도 연속 무차별 폭행 사건이 발생했다.

인파 속에서 서바이벌 나이프를 휘두르는 30대의 거한.

갑작스러운 사태.

처음 보는 대량의 피, 차례차례 쓰러지는 사람들.

아비규환 속에 동생은 인파에 떠밀려 발을 접질렸다.

──그리고 도망치지 못했다.

바닥을 기며 애벌레처럼 도망치려는 동생.

거한이 동생을 향해 천천히 걸어갔다.

나는 멀리서 그 모습을 지켜보는 것 외에 할 수 있는 일이 없었다.

가라테.

유도.

혹은 검도.

강해지는 방법은 많았으나.

나는 그 중 어느 기술도 갖고 있지 않았다.

결국 내가 할 수 있는 일은 겁에 질린 개가 멀리서 짖는 것처럼 바닥을 기는 동생의 등에 서바이벌 나이프를 꽂는 거한에게 그만두라고 멀리서 소리치는 것뿐이었다.

그리고 시간이 흘러 나도 일본에서 생을 마감했다.

나는 환생의 여신을 만났고.

여신은 이세계에서 살기 위한 스킬을 선택하라고 말했다.

내가 태어날 곳은 민가였고 가장 적합한 직업은 마을사람이라고 했다.

스킬도 여러 가지가 있어서 내정이나 생산계, 심리 장악……

그 밖에 돈을 버는 데 유용할 스킬은 얼마든지 있었다.

마을사람이라는 직업은 누가 봐도 전투에 맞지 않으므로, 여신은 돈을 버는 스킬을 추천했다.

나 자신도 그러려고 생각했으나──.

──왠지 그때 동생의 얼굴이 떠올랐다.

나는 스킬과 함께 이세계에서 사는 방법을 골랐다.

다시 태어나서도 같은 경험은 하고 싶지 않았다.

──이제 절대 소중한 것을 잃지 않겠다. 무슨 일이 있어도 내 손으로 지키리라.

그때 나── 이지마 류토는 그렇게 정했다.

★

"이야기는 여기까지야. 그리고 나는 그 녀석의 기일에…… 무 언가를 보내기로 했어. 꼭 매달 하는 건 아니지만, 가능하면 반드 시 지켜왔지."

"그게 왜 나를 지키는 것과 연결되는데?"

"닮았거든. 네가 남이라고는 생각할 수 없을 만큼."

나는 무심코 입을 다물었다.

류토가 어째서 나에게 이렇게까지 이것저것 해주는지 이제야 알았다.

지금까지의 궁금증은 풀렸지만, 내 가슴 속은 온갖 감정이 휘 몰아쳐서──.

"나는── 동생 대신이야?"

"그런 건 아니지만, 이 세계에서 너와 처음 만났을 때…… 너와 동생이 겹쳐 보였어. 그건 사실이야."

하아── 깊고 긴 한숨을 내쉰 나의 눈에 조금 눈물이 어렸다.

"동생……. 있잖아, 류토? 너 그거 알아?"

"응?"

"언제나 늘 멋대로 나를 돕고, 멋대로 지켜보고…… 나의……
나의 자존심을 엉망으로 구겨버린 거…… 알고 있어?"

"…………."

"멋대로 죽을 만큼 노력해서 강해지고, 부탁하지도 않았는데
멋대로 나를 지키고…… 목숨을 걸고…… 나는…… 그런 네가 정
말 싫어! 하지만── 나는…… 그렇기에 그런 네가…….."

안 되겠다.

동생 취급을 받아 동요하고 있다. 마음이 흐트러졌다.

이래서는 거의 적반하장이나 마찬가지다.

나는 고개를 가로젓고, 오른쪽 눈에서 살짝 흘러내린 눈물을
새끼손가락으로 닦았다.

"류토, 난…… 너에게 보호만 받는 게 아니라──."

여기서 입술을 깨물고 말을 이었다.

"너와 어깨를 나란히 할 수 있는 사람이 되겠어. 네가 지켜야만
하는 어린애가 아니라는 걸 보여주겠어."

"그래, 그게 좋겠지. 나 말고도 환생자는 많으니까. 내가 널 계
속 지킬 수 있을지 어떨지…… 나도 확답할 수 없고."

정말 이 녀석은…… 아무것도 모른다.

내가 어떤 마음으로 이런 말을 하는지 전혀 모른다.

내가 충격을 받은 것도 모른다.

이것이 에둘러 한 고백이라는 사실도…… 모른다.

하지만 류토는 그런 사람이다. 이미 알고 있지 않은가.

──스스로 생각해도 남자 운이 없다며 쓸쓸하게 웃었다.

그날은 그걸 끝으로 해산했다.

사이드: 크리스=올스톤

"옛날에는 마을 축제로 다 같이 소란을 피웠던 사람들 아닌가요?"

나의 아내── 자넷이 울적하게 말했다.

"저녁 시간이야. 말조심해…… 자넷."

만찬실의 긴 테이블에는 의자 서른 개가 늘어서 있었다.

시골 마을에서 쓰는 식탁이라 부르기에는 너무나 거대한 테이블이었다.

이 저택의 장식품도 카펫도 전부 도시에서 가져온 것이므로 슬슬 올스톤 가문도 상류계급이라 칭해도 될 것이다.

허름한 집에 살던 시절에는 상상조차 하지 못하던 생활이었다.

그러나 자넷은 무엇이 불만인지 최근 몇 년간 울적한 표정을 보이는 때가 많아졌다.

"우리는 용사를 낳았어. 용사의 부모라고. 인류에 대한 우리의 공헌을 생각해."

"그러나 마을 사람들은⋯⋯ 이웃에게서 토지를 빼앗아 극빈 생활을 강요하다니 너무 지나쳐요."

"대놓고 말하지 않으면 모르나? 우리는 선택받은 사람이야. 특권을 얻는 데 적합한 위업을 달성했다고? 그러니 용사의 부모로서 작위도 받았지. 우리를 위해 평민을 부려먹는 게 뭐가 나빠?"

그 말에 자넷이 일어나 슬픈 표정을 지었다.

"변했군요."

"변했다니?"

"이런 마음으로 살 거라면 가난한 생활을 하던 때가 훨씬 나아요. 배가 고파도, 겨울 추위에 덜덜 떨어도── 그 시절에는 진심으로 매일 웃을 수 있었으니까요."

"자넷, 무슨 말을 하고 싶은 거야?"

"──지금 당신에게 말해도 이해하지 못할 거예요."

자넷은 그 말만 하고는 제대로 식사에 손도 대지 않고 자신의 방으로 가버렸다.

"대체 왜 저러는 거지?"

사용인을 몇 명이나 두고, 아내에게는 물일도 시키지 않았다.

아무 불편함이 없는 생활일 터이다. 무엇이 불만이란 말인가.

와인잔을 기울이며 신경질적으로 혼잣말을 했다.

"게다가 옛 이웃들은⋯⋯ 농노까지는 몰아넣지 않았는데 말이야. 밭도 억지로 빼앗은 것이 아니고. 곤경에 빠진 그들에게 돈을 빌려주고, 돈을 갚을 수 없으니 할 수 없이 밭을 받았을 뿐이다.

게다가 방도가 없는 사람들을 소작농으로 살 수 있게 해줬고. 이런 나에게 감사해야지, 비난하다니 말도 안 돼."

그때 만찬실에 사용인 한 명이 들어왔다.

우리 농원의 서류업무 전반을 맡고 있는 초로의 남자였다.

뭐, 비서라고 바꾸어 말해도 될 남자라고나 할까.

"주인님, 분부하신 서류를 가져왔습니다."

"그래, 수고했어. 소작농의 재계약서지?"

나의 곁으로 다가와 송구한 얼굴로 작은 꾸러미를 내밀었다.

"그것이…… 갱신하겠다는 농가가 줄어서……."

흠. 나는 콧수염을 손으로 어루만졌다.

"어느 정도 줄어드는 건 할 수 없어. 농업을 포기하고 다른 직업을 찾는 사람, 혹은 멀리 다른 마을로 이주하여 친척의 밭 일부를 빌리는 사람…… 다양한 사람이 있으니까. 뭐, 매년 있는 일이지."

받아든 꾸러미를 펼치고, 계약서 한 장을 살펴보았다.

그것을 본 나는 경악하여 차례로 다른 계약서를 확인했다.

"아니?! 이것도………… 이것도, 이것도, 이것도! 모두 백지가 아닌가!"

"네, 다들 하나같이 갱신을 하지 않았습니다. 아니, 정확히는 계약의 갱신을 보류하였습니다."

"계약 갱신을 보류했다고?! 어떻게 된 일이야?!"

"얼마 전, 먼저 계약을 파기하고 다른 황무지로 개척을 나선 맥클레인 일가를 아십니까?"

"모를 리가 없지 않나! 옛날에 살던 누추한 집의…… 옆집에 살던 일가니까!"

"마을 사람들이 그 개척 지역을 살펴보고 올 때까지 갱신을 보류한다고 합니다. 아무래도 굉장히 비옥한 토지인 모양이라······."

"말도 안 돼! 그 일가가 사라진 지 아직 한 달밖에 지나지 않았는데?!"

"왕도 쪽에서 농작물로 장사를 시작하여, 순식간에 수많은 성공을 거두어 소문이 자자합니다. 그리고 얼마 전······ 말씀드리기 어렵습니다만 아가씨가 마을 사람들의 이주를 알선하였습니다."

"코델리아가 이주를 알선했다고?!"

그러고 보니 얼마 전에 마을 사람들의 취급에 대해 직접 담판을 지으러 왔었다.

과연, 그런 것이었나.

왕도에서 장사가 성공한 것도 코델리아의 연줄이 있었기에 가능했을 것이다. 코델리아가 스폰서라는 게 알려지면 마을 사람들도 몰려들겠지.

이럴 때 용사라는 브랜드는 너무나 강력하다.

"큰일이군······!"

올스톤가가 소유한 노동력의 절반은 농노이고, 나머지 절반은 마을 사람들이다.

마을 사람들이 몽땅 빠지면──.

"──생산량이 절반으로 떨어지는 건가?!"

"그렇습니다."

"이만한 농원을 만드는 데 얼마나 많은 돈을 들인 줄 알기나 해?!"

머리에서 핏기가 사라지는 것이 느껴졌다.

주변 일대 토지의 매수와 마을 사람들의 토지를 빼앗는 데도 막대한 돈이 들었다.

처음에는 코델리아의 지원금을 사용했으나, 그것만으로는 부족했다.

사업이 궤도에 오를 즈음, 용사의 부모라는 신용도를 이용하여 각 곳에서 거액의 융자를 받았다.

사업은 10년쯤이면 변제가 끝날 정도로 순조로웠으나…… 생산량이 절반이 되면 이야기가 달라진다.

"이대로는 융자의 변제도 못 맞출 가능성이……! 아니, 자칫하면…… 파산이다……!"

나는 그 자리에서 머리를 싸맸다.

"팔면 되지 않습니까?"

"팔다니?"

"말씀하신 융자 중에는 위험한 곳에서 끌어다 쓴 것도 섞여 있지요. 더 금리가 불어나기 전에 저택과 광대한 농원, 그리고 소유한 농노…… 그 모든 것을 파십시오. 그러면 90% 정도는 갚으실 수 있으실 겁니다. 나머지 금액은…… 아가씨에게 부탁하면 불가능하지는 않겠지요."

"딸에게 손을 벌리는 것도 모자라 무일푼으로 다시 시작하라고?!"

비서가 고개를 끄덕였다.

"파산하여 농노로 전락하는 것보다는 낫지 않겠습니까? 이것이 마지막이 되겠지만, 그것이 올스톤 농원 사무 업무의 책임자로서 드리는 충언입니다."

대꾸할 말이 없을 만큼 정론이다.

그러나 나에게…… 아버지에게 적개심을 보인 딸인 코델리아에게 고개를 숙이라고?

바로 얼마 전, 딸에게 그런 말을 퍼부었던 입도 마르기 전에?

아버지로서의 위엄이고 뭐고 아무것도 없지 않은가! 그런 일을 할 수 있을 리가 없다! 나에게도 자존심이라는 것이 있다!

"큭……."

"그럼 주인님. 모쪼록 잘못된 선택을 하지 않으시기를……."

풍경이 이리저리 흔들렸다.

현실감이 사라지고, 영혼이 빠져나가 천장 부근에서 자신을 내려다보는 듯한 감각.

손끝이 공기에 스르륵 녹고, 하늘하늘 허공을 떠도는 듯한──그런 기분이었다.

"으윽…… 크…… 크ㅇㅇㅇㅇㅇㅇㅇㅇㅇㅇㅇㅇㅇㅇㅇ!"

머리를 감싸며 나는 그 자리에 주저앉았다.

그렇게 하룻밤을 꼼짝하지도 않고 오열하기만 했다.

사이드: 코델리아=올스톤

"이걸로 반성 좀 했을는지."

"듣자 하니 결국 아저씨가 너한테 빌었다는 모양이던데."

"덕분에 지금껏 모아놓은 돈에 반이 사라졌다고?"

학교 식당에서 저녁밥을 먹은 나와 류토는 인적이 없는 그라운드의 벤치에 앉아 있다.

"저기, 뭐랄까, 미안해."

"뭐가?"

"우리 집 문제를 네가 수습해준 꼴이 되었잖아."

그 말에 류토는 무엇이 웃긴지 웃음을 터뜨렸다.

"그건 너희 집 문제만은 아니었잖아?"

"응?"

"우리가 나고 자란 마을의 문제였지……. 다들 나에게도 그리고 너에게도 친절하게 대해주었잖아?"

나는 동의하며 미소 지었다.

그렇다. 응, 맞는 말이다.

류토는 이런 사람이다. 그렇기에 나는 류토가…….

"맞아. 응, 그랬지."

류토 쪽으로 좀 더 가까이 앉아 그의 어깨에 머리를 기댔다.

"갑자기 왜 그래?"

"싫어?"

"……싫진 않지만."

류토의 숨결이 가깝다.

류토의 온기가 피부로 느껴졌다.

가슴이 따스한 무언가로 넘쳐서, 나는——.

"……좋아……해."

"…………"

"…………"

"…………"

"…………"

고요한 시간이 이어졌다.

류토가 어떤 얼굴을 하고 있는지 확인하고 싶지만, 지금은 절대 얼굴을 똑바로 마주 볼 수가 없다.

그야 지금, 나는…… 홍당무처럼 새빨간 얼굴이니까.

"…………"

"…………"

"…………"

"…………"

"……좋아한다니까? 내가 너를."

다시 나온 나의 말.

약간 망설인 뒤, 류토가 입을 열었다.

"——그러니까 나는."

결정적인 말을 듣기 전에 내의 말이 류토를 가로막았다.

"응. 알고 있어."

그 뒤로 계속 생각했다.

생각하고 생각했다. 그리고 이제 각오를 다졌다. 오늘 고백은 딱히 갑작스럽게 나온 말이 아니었다.

진지하게 생각해서 오늘…… 말하려고 결심했기에 한 행동이다.

"그렇다면——."

"……하지만 좋아하는걸. 나도 칼을 쥐고 사는 사람이야. 혹여 말하기 전에 죽으면 너무 억울하니까. 그 전에 전하고 싶었을 뿐."

"아니, 그러니까 너……."

"내가 일방적으로 류토를 좋아할 뿐이야. 지금은 받아주지 않아도 괜찮아."

"…………."

"……싫어?"

"아니, 싫진 않지만……."

"그럼 됐네."

잠시 뒤, 곤란한 듯한 한숨이 들렸다.

"그래, 그럴지도."

"있잖아, 류토?"

"응?"

"……정말 좋아하거든? 다른 누구보다도 네가."

"……그래."

"…………."

"…………."

"…………."

"저기, 코델리아."

"왜?"

"난 말이야, 네가 싫은 건 아냐."

"그런 건 나도 알아."

"——그냥 내가 아직 그럴만한 사람이 되지 못했을 뿐이지."

"……응?"

"동생을 죽게 놔둔 트라우마라고나 할까. 일단 나부터 똑바로 살아야겠다는 생각이 들어서. 소중한 걸 또 잃을까 무서워서 그런지 연애 같은 건 도저히 하고 싶은 생각이 들질 않더라고."

"……나를 여자로서 어떻게 생각해?"

"좋은 여자라고 생각해."

에휴…….

역시 이 녀석은 바보다.

그런 말을 들으면 나는 더욱더 너를…….

정말 바보다. 응, 정말 바보야. 여자의 마음 따위는 전혀 모른다.

그런 말을 들으면…… 기대하게 되잖아.

만약 그대로 부드럽게 시간이 흘러갔다면 류토에 대한 마음도 언젠가 풍화되어, 어린 마음에 따르던 오빠 같은 존재의 동경으로 바뀌었을 텐데.

"류토?"

"……뭔데."

"동생처럼 생각한다면…… 내 머리라도…… 다정하게 쓰다듬어줘."

"너 말이야……."

말은 그렇게 하면서도, 류토는 부드럽게 나의 머리를 쓰다듬어 주었다.

설마 이런 요청을 들어줄 줄은 몰랐다. 허탈한 웃음도 나오지 않는다.

정말…… 정말로…… 바보 같은 사람이다. 이 사람은.

"너 머리…… 진짜 매끄럽다."

"……는걸."

"응?"

"……어디의 누가 그렇게 느끼게 하도록…… 매일 열심히 손질 하고 있는걸."

"그렇구나."

"지금은 동생 대신…… 그래도 괜찮아. 하지만 언젠가——."

"……언젠가?"

류토의 말에는 대답하지 않고, 나는 류토의 손을 강하게 꼭 쥐 었다.

그렇다——.

——동생 대신이 아니라, 코델리아=올스톤으로 나는 너의 가장 소중한 사람이 되고 말 테니까.

그렇게 언제까지고 류토는 나의 머리를 계속 쓰다듬어주었다.

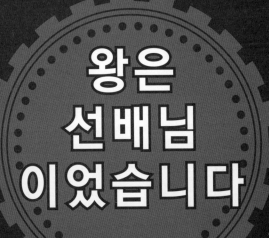

왕은
선배님
이었습니다

"I am a villager, what about it?"
Story by Arata Shiraishi, Illustration by Famy Siraso

사이드: 류토=맥클레인

"그래서 할 말이란 게 뭔데?"

학생회실.

쓸데없이 호화로운 방에서 나는 노골적으로 귀찮다는 표정을 짓고 물었다.

"저기, 그러니까⋯⋯."

나는 지금 금발 롤머리에 푸른 눈을 가진 조그마한 소녀——즉, 거대 상회의 영애인 빅토리아=베니슨과 대면 중이었다.

하지만 그 자랑스러운 롤머리는 내가 저번에 목검으로 베어냈으므로, 아마 가발 일⋯⋯ 아니, 붙임머리인가?

아무튼, 다시 롤머리로 돌아와 있었다.

뭐라고 해야 할까, 롤머리에 대한 범상치 않은 집착이 느껴졌다.

그 롤머리를 베어낸 지 며칠이 지난 지금.

나는 또다시 학생회실에 이렇게 불려와 있었다.

솔직히 학생회실에 들어간 순간 여럿에게 둘러싸여 집단 폭행을 당하지 않을까 생각했다.

그러나 아무래도 그건 아닌 모양이다.

"대체 할 말이 뭐냐니까?"

"그, 알잖아요?"

볼을 발그스레 물들이며 빅토리아가 촉촉하게 젖은 눈으로 나를 올려다보았다.

"방과 후, 실내에 단둘이. 그런 거라고요. 남자와 여자가 단둘이 있다고요. 그리고 제가 당신을 불러낸 이 상황……."

더욱 촉촉한 눈으로 빅토리아가 나를 가만히 바라보았다.

"모르겠는데?"

"여자에게 끝까지 말하게 할 셈인가요?"

그러며 빅토리아는 교복 외투를 벗고, 이어서 상의를 벗더니 블라우스 단추를 푸르기 시작했다.

"일단 묻겠는데, 왜 갑자기 벗는 거야?"

"저기…… 말이죠."

꿈틀꿈틀 허리를 비틀며, 빅토리아가 수줍게 눈을 내리깔았다.

"처음……이거든요."

"……뭐가?"

"아버님 이외에…… 저를 난폭하게 다룬 사람이…… 처음……이라고요. 당신은 무척…… 무척 남자다웠다고요? 저는 당신이——."

아니, 잠깐만요?

아무리 그래도 이건 아니지 않아?

설마 나에게 반했다는 말인가? 심지어 그런 말도 안 되는 이유로?

내가 어이없는 표정을 지은 순간, 빅토리아가 블라우스를 양손으로 잡고 단추가 튕기도록 단숨에 벌렸다.

"——는 무슨! 설마 제가 진심으로 그런 말을 하리라 생각했나요?!"

혀를 내밀며 미소를 짓더니 자신의 브래지어가 드러난 것을 확인하고——.

"꺄아아아아아아아!"

큰소리를 냈다.

"마을사람이…… 야만인이!"

아니, 큰소리를 낸 정도가 아니다.

소리를 질렀다. 귀가 따갑도록 소리를 질렀다.

"저를 억지로! 억지로! 억지로 욕보이려고!"

아니, 소리를 질렀다는 표현도 약하다.

외쳤다. 귀가 따갑도록 외쳤다.

실내의 온갖 장식품을 밀쳐 쓰러뜨리며, 혹은 팔로 후려치면서.

혹은 유리 찬장을 요란하게 발로 걷어차면서——.

——아무튼 소란을 크게 만들기 위해 비명을 지르며 실내를 파괴하며 돌아다녔다.

"무슨 일이야!"

밖에서 남자 목소리가 들린 순간, 빅토리아는 그 자리에서 웅크리고 어깨를 떨기 시작했다.

"폭행을…… 억지로 저를 욕보이려고—— 이 남자가 난폭하게!"

지금 학생회실 풍경이 어떻냐 하면…….

엉망이 된 실내.

옷이 흐트러진 채 어깨를 떨며 우는 여자.

그리고 멍하니 그 자리에 서 있는 나.

아…… 이거, 당했군.

"아니, 내가 안 했거든?"

찌릿 하는 효과음이 따라붙을 만큼 남자가 의심에 찬 눈으로 나를 쳐다보았다.

"비명이 들렸는데!"

"어떻게 된 일이야!"

"뭐야, 안이 엉망이 됐잖아!"

차례로 남자들이 안으로 들어왔다.

빅토리아는 남자 중 한 사람에게서 외투를 건네받아 상반신을 가렸다.

풀이 죽은 얼굴로 눈물을 흘리면서도── 녀석은 재주 좋게 웃었다.

그렇다. 확실히 찰나지만 웃었다.

나를 힐끗 보며…… 해냈다는 표정으로 혀를 내밀었다.

──재……재……재……재수 없다……. 너무 재수 없다.

"이봐, 너희 이런 말을 믿는 거냐?"

남자 네 명에게 둘러싸여 나는 깊은 한숨을 내쉬었다.

"딱 보면 뻔하지 않나!"

"아니, 아니, 잘 생각해봐!"

"생각?"

네 남자가 과장되게 고개를 갸웃하며 의아한 표정을 지었다.

"나도 바보는 아니야. 혹시 그런 짓을 한다면, 대낮에 당당하게 이런 곳에서 하겠냐고. 지금처럼 소리를 치면 끝장인데?"

"…………."

그러자 네 남자는 갑자기 입을 다물었다.

어? 혹시 이야기가 통하는 건가?

그렇다면 좀 더 강하게 나가자.

"그래. 소리를 치면 끝이야. 어차피 저지를 거면 해 질 녘이나 한밤의 뒷골목이라든지, 여자가 소리쳐도 아무도 신경 쓰지 않을 슬럼가처럼 으슥한 상황을 고르겠지 않겠냐?"

그러자 네 사람이 서로를 보고는 크게 끄덕였다.

오오, 설마 말이 통할 줄이야——!

"너는 그런 식의 범행도 생각하고 있었던 거냐!"

큭!

나도 모르게 무릎에서 힘이 빠지는 걸 억지로 버티며 나는 계속 항변했다.

"아니, 그러니까 상식적으로 생각해서 이런 멍청한 범행을 저지르는 건 말도 안 된다는 걸 깨달으라고!"

그러나 직후 나는 이 녀석들에게 무슨 말을 해도 소용없다는 사실을 눈치챘다.

이 녀석들의 표정이—— 입가가 풀어져 완전히 웃는 얼굴이었기 때문이다.

나는 곧바로 빅토리아를 노려보았다.

"뭐야, 애들도 매수한 거야?"

"어머나? 잘도 알아채셨군요?"

태연한 얼굴로 대답하는 빅토리아를 더욱 강하게 노려보았다.

"……이대로 강간미수라며 나를 퇴학시키려고? 아니면 위병을 불러 재판에라도 넘길 셈인가?"

빅토리아가 피식 웃으며 대답했다.

"그러고 싶은 마음은 굴뚝같지만, 그건 쉽지 않아서 말이죠."

"그래?"

"코델리아=올스톤── 과연 용사답게 교내 발언력이 아주 강하더군요. 그녀를 상대로 이 상황은 이 상황을 들이밀기에는 당신 말대로 너무 허점이 많아요."

"……그래서?"

"하지만 진상이 어떻든, 이대로 놔두면 용사의 관계자가 강간미수라는 소문이 퍼지는 건 피할 수 없을 겁니다. 당신도 애인에게 폐를 끼치고 싶지는 않겠지요?"

정말 성가신 여자다.

진심으로 부모의 얼굴을 보고 싶다고 느낀 것은 태어나서 처음이었다.

"뭐, 그야 그렇지. 그래서 나에게 뭘 시키고 싶은데?"

"저는 지난번 일로 당신의 실력은 높이 사고 있거든요. 그런데 얼마 전 저희 집안의 메이드가 산적에게 잡혀가는 사건이 발생했습니다."

"메이드……?"

"제 전속 메이드예요. 이름은 마리아. 어린 시절부터 같이 지냈고, 가족…… 그래요, 언니 같은 존재랍니다."

조금 침울한 얼굴로 빅토리아가 천장을 올려다보았다.

"그런데 당신…… 조사해보니 D랭크 모험가이더군요."

거기서 나는 마음속으로 빅토리아에 대한 평가를 한 단계 올렸다.

아니, 경계 수준을 올렸다고 말하는 쪽이 옳은가.

내가 이 녀석을 혼내준 것은 바로 얼마 전의 일이다.

아마 이 녀석은 오직 나를 괴롭히기 위해 신변조사를 벌여 이 짧은 시간에 나의 길드 랭크까지 알아냈다.

과연 상회답게 정보망은 우수한 모양이다.

아마 내 부모님까지 찾아내는 것도 그리 오래 걸리지는 않겠지.

그때 과연 이 녀석이 내 부모님을 그냥 놔둘까?

이거 참으로 성가신 녀석과 얽혔다.

"그래서 말이죠, 마을사람 씨? 저희는 곧바로 메이드 탈환을 길드에 의뢰했습니다. 그런데 하필 납치범들이 B랭크 도적단이더군요. 덕분에 탈환 의뢰가 토벌의뢰로 변하면서 일이 커졌습니다."

"나보고 그 의뢰에 참가하라고?"

"예. 이대로 가면 토벌에 집중하느라 메이드 구출 따위는 신경 쓰지도 않을 것 같아서 말이죠……. 당신에게 그 인질 탈환 업무를 수행했으면 하는 겁니다."

"하나같이 수상한 이야기구만."

"응? 뭐라고 하셨나요?"

나는 잠시 생각한 뒤 고개를 가로저었다.

"아니, 아무것도 아니야."

솔직히 너무 수상하다.

메이드 납치도 수상하지만, 그보다 가족 같은 메이드라는 게 더 수상하다.

메이드는 극히 일부를 제외하면 보통 노예 계급이 맡는 일이다.

그런데 선민사상의 화신 같은 이 녀석이 메이드를 가족처럼 어기다니, 말도 안 되는 이야기다.

애초에 나에게 복수심이 끓었으면 끓었지, 칼질 조금 보여 줬다고 중요한 사람의 탈환 의뢰를 맡길까?

──그것도 억지로?

"아, 물론── 아무리 수상하더라도 당신에게 거부권은 없으니까요?"

의심을 사는 것도 이미 계산이 끝났나.

그녀 말대로 나에게 거부권은 없다.

코델리아의 평가를 깎아내릴 생각이라면 이 자리에서 모두 쓰러뜨리면 그만이다만······.

"이번만이야."

"네?"

"이번만 넘어가 주지. 다음에 또 허튼짓하면 전쟁이라 여기겠어."

나의 말에 빅토리아가 여유로운 미소를 지었다.

"전쟁이라── 어쩔 생각이죠?"

"——네놈의 머리를 깨부수고 베니슨 상회에 지옥을 보여주마."

그런 연유로 나는 다음 날 아침부터 모험가 길드로 향했다.

이번에는 베니슨 가로부터 지명 의뢰를 받았으므로, 빅토리아
에게 받은 서장을 접수처에 넘겼다.

그러자 바로 길드 안쪽의 대기실로 안내받았다.

의뢰는 네 명의 모험가로 B랭크 도적단의 토벌……이었다.

의뢰 내용에 인원이 적힌 만큼, 사람이 모이지 않으면 일을 시
작할 수 없으나, 이번에는 이미 다른 세 사람이 정해져 있었다.
그들은 점심 전까지 길드에 오는 모양이었다.

나는 길드의 대기실에서 시간을 죽이며 홍차를 마시고 있었다.

"그나저나 이 의뢰는 대체 어떻게 되먹은 거야?"

의뢰서를 보며 한숨을 내쉬었다.

수상쩍기는 했지만, 생각보다 심하네, 이거.

빅토리아는 산적에게 잡혀간 메이드의 탈환이라고 말했다.

그러나 뚜껑을 열어보니 의뢰서에는 마약밀수 조직을 습격이
라고 쓰여있는 게 아닌가.

그때 한 소년이 나에게 말을 걸었다.

"저기…… 마다스산 산적 토벌에 참가하시는 분입니까?"

금발에 주근깨가 있는 웃는 얼굴이 친근함을 주는 소년이었다.

나이는 나보다 두세 살 아래인 열셋, 넷쯤 될까.

"그래, 맞아."

"저는 이번에 잡일을 맡아 여러분의 보조를 하게 되었습니다. 전사 견습생 마리크라고 합니다. 그런데 사신의 의뢰를 용케 받으셨네요. 이름이 무엇이죠?"

꽤 어려 보인다 했더니만 잡역부인가.

뭐, 신입 모험가 등이 짐을 들게 하는 그런 역할이다.

"류토=맥클레인이야. 그보다 사신의 의뢰라니?"

"네, 요즘 유행하는 '맨드렌느'라는 마약 아시나요?"

"맨드레이크와 대마를 합친 합성마약이지?"

중독성이 강하고, 환각 증세가 너무 심하여 국제적으로도 중요 금지약물로 지정된 물건이다.

유통생산에 관여한 자는 참수나 교수형에 처해진다.

"오락용으로 계속 사용하면 일 년 만에 폐인이 되어 살아 있는 시체가 된다고 하더군요."

"의뢰서에 그 산적들이 밀수꾼이라 근처 일대에 마약을 팔아치우며 마구 돈을 벌고 있다고 쓰여있긴 하더라. 근데 그게 사신과 무슨 관련이 있는데?"

"네, 길드에서는 맨드렌느가 얽힌 의뢰는 사신의 의뢰라고 부르고 있습니다. 의뢰와 관련된 자가 반드시 죽거든요."

"……반드시 죽는다고? 그거 보통 일이 아니네."

"최근 몇 년 동안, 지금까지 밀매 조직—— 이번 일로 따지면 산적단이겠군요. 밀수와 판매를 주도하는 7개의 범죄조직을 길드의 의뢰로 토벌했습니다."

"꽤 돈이 되는 모양이네. 몇 년간 그만큼 조직이 사라져도 비가 온 뒤의 죽순처럼 끊임없이 새로운 밀수조직이 나오는 거 보니."

"네. 맞아요."

"그런데 왜 그것이 사신의 의뢰가 되는 건데? 조직은 없어진 거 아냐?"

"네. 조직은 괴멸되었습니다. 그런데 이런 의뢰를 할 때마다 길 드로 귀환하는 도중에 모험가가 죽는 사건이 잇따라 발생했습니다. 거기서 사신의 의뢰라는 별명이 붙었죠."

"그냥 넘어갈 수 없는 이야긴데. 사인은?"

나는 홍차를 다시 한 모금 마시고 물었다.

"마물에게 습격당하거나, 다른 도적단의 공격을 받거나……. 뭐, 각자 다릅니다."

"하지만 단순한 사고가 아니겠지?"

"일설에 따르면 정치가 얽혀 있다고 해요. 어디까지나 소문입 니다만…….."

"정치적 이유 때문이라고?"

"이 나라는 부패했습니다. 뇌물이 횡행하고, 국력은 눈에 띄게 약해지고 있어서——."

과연…… 대충 사태를 파악했다.

이건 베니슨 상회와 얽힌 안건이다.

악질적인 장사를 벌인다더니, 마약까지 손을 댄 것인가.

"그렇군. 즉, 정치 중추와 얽힌 누군가가 당당하게 마약을 만지 고 있는 건가."

"어디까지나 소문이지만요."

"그리고 증거인멸을 했다고."

"네, 마약 판매에 길드나 국가 권력의 손이 닿으려고 한 경우, 꼬리 자르기처럼 실행부대를 일부러 괴멸시키죠. 그리고 증거품을 들고 돌아온 모험가……."

"증거품을 제출하기 전에 죽는다. 그리고 밀매인 조직은 서류상 괴멸처리 되어 깔끔한 마무리가 되는 거군."

"그리고 일주일 뒤에는 다른 조직이 장사를 다시 시작하죠. 당연히 더 위에 있는 조직을 없애지 않으면 의미가 없습니다만……."

"그렇게 되기 전에 손을 쓰도록 높은 분들끼리 이야기를 해놨겠지. 그래서 흔적은 남기지 않고, 만약은 없게끔 모험가가 처리되는 거고."

"그런 겁니다. 뭐, 소문이지만요. 그나저나 말씀하시는 걸 보니 혹시 아무것도 모르시는 모양이군요. 이런 의뢰를 받는 건 이상한 사람들뿐이라고요?"

"그래. 전부 처음 들었어. 너야말로 알면서 왜 이 의뢰를 받았지?"

"……저는 전사 견습생이라 돈이 없거든요. 그리고 이 의뢰는 완전히 인기가 없어서 보수도 높아요. 애초에 이런 잡일은 장기 원정 토벌 같은 때나 나옵니다만……."

"뭐, 금방 끝날 일에…… 뭐, 잡역부는 필요 없지."

그러자 마리크가 체념한 표정을 지었다.

"말하자면 저는 그저 숫자 맞추기예요. 저조차 B랭크 토벌 의뢰에 참가할 수 있을 만큼 사람이 없다는 거죠. 이건 그런 의뢰라고요."

"왜 그렇게까지 해서 돈이 필요한 거야?"

"아버지가 간에 문제가 생겨 쓰러졌거든요. 엘릭서가 필요합니다."

나도 옛날에 검술 스승인 버나드 씨를 위해 엘릭서를 사려고 돈을 마련했었다.

그리고 보니 그 사람…… 정말 술은 끊었을까?

그 점은 차치하고.

"즉, 급하게 돈을 모으기 위해 이 의뢰를 받은 거구나."

그때 우리 두 사람에게 남녀 페어가 말을 걸어왔다.

뾰족모자를 쓴 여자 마법사와 검은색 갑옷을 입은 남자였다.

"맞아. 그리고 우리와 마찬가지로 돈이 궁한 사연 있는 C랭크 모험가 두 사람을 합쳐 여기 네 명이 파티를 결성하는 거다."

그렇게 우리는 간단한 회의를 마친 뒤, 다음 날부터 의뢰를 처리하기로 했다.

──다음 날.

마다스 산속에서 우리는 나무 뒤에 숨어 바위가 드러난 동굴을 바라보고 있었다.

"호기로군. 야습하자."

해 질 녘.

나무를 점령한 찌르레기 무리가 시끄럽게 지저귀는 가운데 검은 갑옷을 입은 검사가 가볍게 고개를 끄덕였다.

"놈들이 혹시 사람을 납치하기도 하나?"

방금 산적 몇 명이 앞장을 서서, 손을 밧줄로 묶인 여자 여럿이 동굴 안으로 끌려가는 모습을 보았다.

나의 말에 뾰족모자 여자가 대답했다.

"딱히 드문 일도 아니에요. 원래 범죄자 집단이니까요. 그야 돈을 벌 수 있다면 무엇이든 팔고 사겠지요."

"그럼 놈들이 여자를 건드리는 동안 습격하자는 거야?"

"그렇게 되겠군."

내키지 않는 방침이군.

뭐, 좋은 작전이기는 하다. 적어도 기습으로서는 나쁘지 않다.

검은 갑옷을 입은 남자가 마리크에게 시선을 보냈다.

마리크는 살짝 고개를 끄덕이고는 등에 지고 있던 짐에서 육포와 물통을 꺼냈다.

"맥클레인, 너도 먹어둬. 장기전이 될 테니."

"아니, 됐어."

"듣자 하니 아직 학생인데도 길드장이 너를 높게 산다더군. 무서울 만큼 단기간에 D랭크까지 올라온 인재라고. 네 실력, 기대해도 되겠지?"

아무래도 나의 꾸준한 길드 활동을 봐주는 사람이 있던 모양이다.

지금까지 마을사람이라며 실컷 바보 취급을 당해왔기에 이런 반응은 신선한 데다 기분도 나쁘지 않다.

"응, 말은 고마워."

"막상 현장에서 배가 고프기라도 하면 곤란해. 체력은 온존해둬."

"그러니까 난 안 먹는다고."

나는 고개를 뚝뚝 울리며 그 자리에서 일어섰다.

"이봐, 맥클레인? 어디 가?"

"동굴 속."

"뭐?!"

세 사람이 경악하며, 나의 정신 상태를 의심하는 듯 눈을 크게 떴다.

"기다려! 맥클레인! 정면으로 들어갈 셈이야?! 죽을 생각인가?! 상대는 B랭크는 되는 산적단이라고?!"

"여자가 유린당하는 것을 가만히 넘어갈 수는 없잖아."

"아니, 그건 그렇지만……!"

"야습도 뭐, 나쁘지 않지. 나도 안전한 선택이 있다면 그걸 고를 거야. 딱히 피해자들과 아는 사이도 아니고."

"맥클레인? 야습에 의미가 없다고 말하고 싶은 건가?"

"아니, 의미 없는 건 아니지."

새로 들여온 여자들을 맛보고 있는 사이 동굴로 잠입한다.

이어서 눈에 띄지 않게 한 사람씩…… 닌자처럼 암살한다.

그러다 이쪽의 존재가 들키면 바로 성대하게 난투를 시작한다. 말 그대로 정석이다.

"죽고 싶지 않다면 나를 따라! 맥클레인!"

나는 고개를 가로저으며 자신만만하게 씩 웃었다.

"말했잖아. 안전한 선택이 있으면 그걸 고른다고. 나는 절대 죽지 않으니 이렇게 나서는 거야."

그 말만 남기고 나는 나무 뒤에서 걸어 나와 천천히 동굴로 향했다.

"묘한데……."

어두컴컴한 동굴 속이 순식간에 비릿한 피 냄새로 가득해졌다.

내가 밴 사람은 다섯 명.

그리고 어찌어찌 바로 따라온 검은 갑옷을 입은 검사가 나의 뒤를 지키며 네 명을 베었다.

그리고 마법사가 세 명을 검게 태우고…… 마리크는 싸우지 못하므로 그저 창백한 얼굴로 주위를 경계하며 돌아보고 있다.

"응. 경비가 너무 허술해."

쓰러진 녀석들은 기껏해야 F, E랭크 정도의 실력이었다.

간신히 초보를 벗어난 수준이나 마찬가지다. 정말 잔챙이 중의 잔챙이. 너무 허접했다.

나는 일단 서류상 D랭크 모험가이기에 이 정도는 할 수 있어도 이상하진 않을 터.

"아니, 딱히 묘한 건 아니잖아?"

벽에 설치된 횃불을 의지하여 어두컴컴한 동굴 속을 나아갔다.

서늘하지만 피비린내가 코를 찌른다.

"뭐가 아니야? 이만큼 베어내며 동굴 속에 비명이 울려 퍼졌는데 아무도 오지 않잖아?"

"저기, 두 분? 이건 사신의 의뢰라고 했지?"

"맞아, 그렇다고 들었어."

"지금까지 7개의 범죄집단을 토벌했다며? 그런데 도적단이라는 게 이런 맴버로 토벌이 가능한가? 이번에는 마리크 같은 견습생이 숫자를 맞추느라 낄 정도로 모험가의 수준도 낮아. 그런데 이런 의뢰를 7번 반복하는 동안 토벌을 단 한 번도 실패하지 않았어. 즉, 이 의뢰의 진짜 난이도는 B랭크가 아니라는 거야."

그러자 여자 마법사가 숨을 들이켰다.

"앗. 혹시 증원이 오지 않는 것도……."

내가 동의하려던 순간, 동굴에서 벗어나 광장으로 나왔다.

"예상대로 다 도망친 뒤야."

낡은 침낭과 깨진 식기가 어질러져 있었다.

곰팡이가 핀 빵에 썩어가는 육포—— 굉장히 생활감 넘치는 광장이었다.

생활 잡화류는 남아 있으나, 값이 나가는 물건은 모두 가져간 뒤였다.

살펴보니 광장 안에는 또 하나의 통로가 있는데, 그곳을 통해 밖으로 나갈 수 있는 모양이다.

아까 끌려온 여자들까지 싹 다 데려간 뒤였다.

아니, 아니구나, 운반할 수 있는 것만 가져간 거구나.

"이봐, 괜찮아?"

광장 한구석에 한쪽 발이 없는 여자가 떨면서 웅크리고 있었다.

데려가기 힘들어서 버린 모양이다.

"당신들……은?"

서른을 조금 넘긴 나이일까. 비단결 같은 갈색 머리에 풍만한 가슴과 달콤한 향수 냄새.

한쪽 발이 없다는 점을 제외하면 비릿한 냄새가 충만한 이 장소와는 어울리지 않는 자태의 여성이었다.

"안심해. 길드에서 파견된 사람이야. 당신을 괴롭힌 자들은 이제 없어."

"……그런가요. 그렇군요."

여자는 그제야 안도한 듯 한숨을 내쉬었다.

"설마 슬럼의 사창가에서 납치당할 거라고는 생각도 못 했는데, 아직 악운만은 남아 있나 보네."

"슬럼의 사창가?"

"변두리 유곽이지만, 난 가게 주인으로 근근이 장사하고 있어. 사창가에서 마리아를 찾아오도록 해. 특별히 무료로 우리 여직원에게 접대하도록 할게."

마리아……?

나는 마리아라 자칭한 여성의 어깨를 붙잡았다.

"베니슨이라는 이름을 들어본 적 없어?"

"……잊을 리가 없잖아."

"상회의 관계자……이기는 한 거지? 나는 마리아라는 메이드를 찾아 여기까지 왔어."

"베니슨 가에서 일한 적이 있긴 했지. 뭐, 십 년 전의 일이지만."

빅토리아의 전속 메이드가 납치되었다고 하더니, 다른 사람인가?

아니, 그럴 리가 없다.

저 부자 아가씨가 무슨 생각을 하는지는 모르지만, 과연 이것은 어떤 식으로 받아들이면 좋을까?

"그나저나 맥클레인? 아까 이야기를 계속하고 싶어."

"무슨 이야기?"

"왜 이곳의 경비가 허술하냐는 이야기다."

검사의 말에 마법사가 대답했다.

"아마…… 소문이 사실인 거겠지."

"소문?"

"마약밀매조직 소문 말이야. 정치 중추를 좌지우지하면서 체제를 유지하기 위해 말단의 실행조직만 도마뱀 꼬리 자르듯이 버린다는 이야기."

마법사의 말을 내가 보충했다.

"아아, 아마 그 말 대로겠지. 위에서는 합의가 끝났을 테니, 일단 조직이 괴멸했다는 실적만 남기면 되니까."

"미안해. 무슨 말인지 이해가 안 가는데…… 왜 산적의 경비가 허술한 것과 관련이 있지?"

"잠시만 기다려. 일단 수색을 해본 다음 설명할게."

그 뒤 얼마간 주변에 짐을 뒤졌지만, 마약밀수에 관한 자료와 증거는 이미 완전히 사라진 뒤였다.

하지만 아무리 증거를 남기지 않는다고 해도, 결국 인간이 하는 일이므로 어디선가 빈틈이 생길 터.

가장 확실한 증거인멸 방법은 역시—— 죽이는 것밖에 없다는 뜻이다.

"죽은 사람은 말이 없다——인가."

"그러니까 어떻게 된 일이냐고 묻잖아."

"경비가 허술한 게 당연해. 명목상 우리가 의뢰를 달성하고 산적단을 괴멸시킨 것으로 처리해야 하니까. 그런데 산적단이 우리를 쓰러뜨려 버리면 어떻게 되겠어?"

"아…… 그렇군."

"게다가 이 정도로 신중하게 일을 처리할 정도면 아마 달아난 녀석들도…… 결국은 죽겠지. 머리만 남기고 손발은 모두 갈아치울 게 분명해. 나라면 그렇게 하겠어."

"위쪽 조직까지 파헤치기 전에 모험가와 하수인들이 제물로 바쳐진다는 말인가?"

"그래."

그러자 마리크가 창백한 얼굴로 당황하여 말했다.

"그건 즉…… 저희도?"

"그렇겠지."

이어서 나는 마리아를 업고 동굴 출입구로 걸음을 옮겼다.

"그런데 우리가 언제 제거된다는 거야?"

동굴 출입구가 보일 즈음, 나는 어깨를 으쓱하며 살짝 한숨을 내쉬었다.

"지금?"

동굴 밖에는 추악한 미소를 짓고 있는 A랭크 마물—— 거인: 사이클롭스가 우뚝 서 있었다.

사이클롭스.

A랭크 상위의 마물이다.

예를 들어 이것을 위정자가 토벌하려고 할 경우, 인간의 영역을 벗어났다고 하는 모험가 랭크 A 정도 되는 사람을 기사단 규모로 짜와야 한다.

즉 평범한 모험가인 이 세 사람에게, 눈앞의 광경은 절망 그 자체라는 이야기다.

"이 부근에 나오는 가장 흔한 마물은?"

나의 물음에 식은땀을 흘리며 검사가 대답했다.

"모노아이 데빌이야. C랭크 정도지."

"최근 백 년의 역사를 되짚어도 이 일대의 모든 마물 중 최강 클래스는 B랭크 정도야! 2백 년 전에 돌연변이종이 나타났다는 말은 있지만…… 갑자기 사이클롭스가 나오다니…… 말도 안 돼!"

대답을 들은 나는 턱에 손을 대고 생각했다.

잠시 최근에 일어난 사건들을 떠올려 본 결과.

"──아니, 가능해."

그렇게 결론을 내렸다.

본래 이 부근은 모노아이 데빌이 나타나곤 했다.

그리고 사이클롭스는 모노아이 데빌의 특수진화형이다.

──특수진화. 최근에 어디서 자주 보던 풍경이 아닌가.

그렇다. 이것은 틀림없이 대재앙과 비슷한 상황이다.

즉, 이곳에도 인위적으로 국지적인 종족의 전화가 일어나고 있다는 뜻이다.

"어떡할래? 저쪽은…… 싸울 마음으로 가득한 것 같은데?"

이쪽으로 천천히 다가오는 외눈 괴물.

식은땀을 한 줄기 주르륵 흘리며 마법사가 검사에게 말했다.

"어떡하고 말고가 뭐가 있겠어. 싸우면 죽는다. 그럼 도망칠 수밖에 없잖아."

"아니, 그래도…… 도망칠 수 있겠어? 사이클롭스는 몸도 큰 주제에 상당히 날랜데?"

"맞아, 막무가내로 도망치면 퇴로는 없겠지. 그러나 퇴로가 없다면── 억지로 만들면 돼!"

칠흑의 검을 쥔 남자의 말에 마법사도 각오를 다진 듯이 고개를 끄덕였다.

"이제 어찌해?"

"폭발마법을 머리에 써줘. 뒤는 내가 어떻게든 할게."

"말은 쉽지……."

"잠깐 시야를 가리기만 하면 돼. 되도록 빛과 연기가 강한 마법

으로 부탁해. 놈의 의식을 마법으로 돌린 순간을 노려 내가 놈의
아킬레스건을 베어낼 테니."

그러자 마법사가 고개를 끄덕였다.

"그리고는 전속력으로 도망친다고."

뭐, 계획은 그럴싸하군.

이야기를 듣는 한, 두 사람은 오랜 콤비인 모양이다. 아마 손발
도 잘 맞겠지.

그러나——.

"중위마법: 익스플로전!"

거리는 10m.

마법사의 지팡이가 가리키는 곳—— 사이클롭스의 머리에서
폭발이 일어났다.

그와 동시에 검은 갑옷을 입은 검사가 달려갔다.

사이클롭스의 머리가 연기에 휩싸였고, 곧이어 검사가 사이클
롭스의 발밑에 도착했다.

예상대로 좋은 콤비네이션이다. 연계에 흐트러짐이 전혀 없다.

옆으로 휘두르기를 한 번.

동시에 검사의 표정에 경악으로 물들었다.

"역시 그렇게 되나."

검이 사이클롭스의 발에 전혀 들지 않았다.

베어내기는커녕 상처 하나 없었다.

검은 사이클롭스의 피부에 튕겨…… 아니, 부러져 날이 멀찍하
게 날아가버렸다.

"상대도 되지 않는다는 게 바로 이런 것이로군. 여기까지인가…… 젠장!"

그 자리에서 짜증스럽게 말을 내뱉는 검사를 노리고 사이클롭스가 하늘을 향해 주먹을 쳐들었다.

"까아아아! 도망쳐어어어!"

마법사의 비명이 주위에 울려 퍼졌다.

지금까지 사태를 방관하는 것 외에 할 수 있는 일이 없던 마리크는 공포를 필사적으로 억누르며 그 자리에서 이를 악물고 있다.

"당연하지! 나도 그냥 죽을 생각은 없어! 랭크 차이를 생각하면 가망은 없을 것 같지만!"

그의 말대로 이제 주먹을 휘두르기만 하면 검사는 순식간에 고깃덩어리로 변할 것이다.

"뭐…… 잠깐이기는 하지만 협력했던 사이니까."

당연히 그렇게 되도록 놔두지 않겠다.

사실 A랭크 정도에 나서고 싶지 않았는데.

저 둘이라면 퇴로를 만들 수 있지 않을까 하는 아주 작은 기대감도 있었지만, 아무래도 실력을 감출 수 있는 건 여기까지인 모양이다.

나는 검을 손에 들고 예비 동작 없이 그 자리에서 도약했다.

번갯불 같은 속도로 사이클롭스의 머리에 도달하여──.

──비스듬히 베어냈다.

달군 나이프로 버터를 잘라내듯이.

혹은 아무런 장애물이 없는 허공에 휘두르듯이.

검사의 일격에 전혀 꿈쩍도 하지 않던 사이클롭스의 피부가 갈라졌다.

그리고 머리가 몸에서 분리되어 바닥에 뚝 떨어졌다.

"……어?"

마법사가 멍한 표정으로 떨어진 사이클롭스의 머리와 검을 뽑은 나를 몇 번이고 몇 번이고 교대로 바라보았다.

"사이클롭스가…… 단칼에……?"

검사 역시 믿기지 않는다는 표정으로 떨어진 사이크롭스의 머리와 검을 뽑은 나를 몇 번이고 몇 번이고 교대로 바라보았다.

"앗…… 아…….."

마리크는 눈을 크게 뜨고 몸을 덜덜 떨고 있었다.

하지만 나는 그보다 신경 쓰이는 게 따로 있었다.

"그런데……."

나는 세 사람이 아닌, 멀리 있는 나무를 보며 말했다.

"네놈들은 누구지? 엿보기라니, 취미가 고약한걸?"

그러자 갑옷을 입은 남자 7명이 나무 뒤에서 모습을 드러냈다.

그리고 마지막으로 백은 갑옷을 입은 기사가 말을 타고 나오며 대답했다.

"나 말인가? 나는── 이 나라의 왕이다."

★

"그러니까 쓸데없는 도움이었다는 거다."

참고로 모험가 세 사람은 왕이라는 말을 들은 순간부터 바닥에 엎드려 절을 하고 있었다.

아무래도 진짜── 라쿤 왕국의 왕인 모양이다.

예전 서훈식 때는 통통한 아저씨가 나왔는데⋯⋯? 하고 묻자 그때는 공작가에서 대리로 나왔다는 대답이 돌아왔다.

뭐, 나라가 여러모로 위태로운 듯하니 여러 가지 일이 있겠지.

아무튼, 왕이다.

짧은 금발에 눈빛은 강하고 무척 잘생겼다.

일본도처럼 서늘하고 예리한 인상이었는데, 겉보기에 스무 살도 안 돼 보였으므로, 왕치고는 매우 젊은 사람이었다.

새롭게 급부상하는 IT 회사의 사장 같은 느낌이라면 이해하기 쉬울까.

"대체 이 사태를 어떻게 할 텐가? 사이클롭스 토벌은 진정한 왕이 되기 위한 시련. 사이클롭스, 티탄, 기간테스 중 하나를 토벌하는 것이 대대로⋯⋯ 우리 왕가의 힘을 보여주는 시련이다. 그런데 그것을 가로채어 수포로 만들다니⋯⋯."

듣자 하니 이 산에는 2백 년 주기로 사이클롭스가 나타나는데 그것을 토벌하여 신하에게 힘을 보여주는 것이 왕가의 전통행사라는 모양이다.

"아, 딱히 도와준 게 아닌데 말이지. 그쪽 사람들로도 충분해 보이고."

마법사, 전사, 격투가에 검사.

왕을 따르는 무리는 모두 A랭크 정도는 되어 보였다.

상당히 기량이 뛰어났다. 오히려 작은 나라의 왕이 거느리는 것 치고는 큰 전력이었다.

이만한 면면이라면 사이클롭스 정도는 순식간에 쓰러뜨렸으리라.

중요한 건 여기 왕이라 자칭하는 자조차도 그들 못지않은 실력이 있다는 점일까.

"그런데 어떻게 이만큼이나 A랭크 모험가를 모았지? 심지어 상급직…… 재능을 타고난 사람이 한 명도 없잖아."

"이 녀석들은 사환의 아이로 태어나 본래 나의 놀이 상대로 주어진 자들이다. 그 뒤로 같이 자라며 부하도 겸하고 있지. 그러니 애초에 싸움의 재능 따위 있을 리도 없다."

"그런 것 치고는 다들 실력이 좋아 보이는데?"

"7년이다. 나는 열두 살 때부터 마물의 소굴—— 사지를 돌아다녔다. 시작할 때는 열다섯 명이 성을 뛰쳐나왔다. 지금은 반밖에 되지 않지만."

우와, 이 사람도 상당히 무모하군.

나와 비슷한 방법으로 목숨을 걸고 사지를 돌아다니며 레벨 업을 꾀했단 말인가?

코델리아조차 천부적인 재능을 타고나서 국가에서 짜준 커리

쿨럼을 6년에 걸쳐 실행하여 이제야 B랭크인데?

보통은 자기보다 강한 존재를 사냥했을 때 얻는 경험치가 더 많다.

따라서 안전성을 따지지 않는 방식이 레벨 업이 더 빠른데…… 그래도 한도가 있다.

7년 만에 이 정도를 해내려면…… 무척 처절한 나날을 보내야 했으리라.

그런데도.

"그런 무모한 여정에서…… 잘도 절반이나 살아남았네."

"안내자가 있었거든."

"안내자?"

"왕가의 시조와 연을 지닌── 어떤 선인이다. 전설 같은 존재다만, 그 선인이 알려준 길을 따라 우리는 계단을 밟고 강자로 가는 길을 걸었지."

응?

어디서 들은 이야긴데? 이제야 이해가 가는군.

아마 이 왕은 그 녀석을 알고 있다.

오히려 그 녀석이 알려준 강화 프로그램을 순순히 따른 것 치고는 성장이 느린 편이었다.

가만? 그렇다면 선술을 배우지 않았다곤 해도 이 왕은 나의 동문 선배가 되는 건가?

"말이 나왔으니 말인데, 어째서 왕이 목숨까지 걸어가며 강해지려고 하지?"

그러자 왕이 허탈하게 웃었다.

"――그야말로 내가 왕이기 때문이다. 전장에 나가 앞에 서지 않고 어떻게 왕이라 할 수 있겠나. 남에게 전장에서 죽으라고 말하면서, 먼저 자신이 죽을 각오를 보이지 않으면 누가 날 따른단 말인가."

나는 잠시 생각한 뒤 고개를 끄덕였다.

"……지당하군."

나는 지금까지 이 세계의 귀족은 죄다 쓰레기라고 생각했다.

그런데 아무래도 꼭 그런 것만은 아닌 모양이다.

"그래, 당연한 거다."

나는 그의 얼굴을 바라보다 다시 입을 열었다.

"그런데 그만한 전력으로 뭘 할 작정이지? 이 면면이라면 작은 나라의 절반 정도는 쓸어버릴 수 있을 텐데?"

"그것 역시 뻔하지 않나. 네 말대로 이웃 나라를 흡수하여 나라를 키울 생각이다."

"……전쟁을 벌이겠다고? 피까지 흘려가면서까지 나라를 크게 만들려는 이유가 뭐지?"

"네가 궁금해할 일이 아니다만…… 특별히 말해주마."

"흠?"

"먼저 이 나라는 사실상 괴멸 상태다. 귀족의 힘이 지나치게 강하지. 왕이 무시당하고, 뇌물이 횡행하며, 마약의 밀매까지 일어나고 있다."

이것 참 이야기가 너무 딱딱 들어맞는군.

하긴, 이런 산적단의 소문이 나라 안에 떠돌고 있을 정도니 말 다 했지.

"남동생도 9년 전에 귀족의 손에 세상을 떠났다. 독살이었지. 나를 노린 거였겠지만 그가 대신 죽음을 맞이했다. 내가 이 자리에 살아 있는 건 우연의 산물에 지나지 않는다."

그리고—— 왕이 하늘을 올려다보며 말을 이었다.

"내겐 어머니도 계시지 않는다. 정확히 말하면—— 이미 돌아가셨지."

"무슨 일로?"

"어마마마께서는 이미 몸이 많이 쇠하신 상태이셨다. 그런데 동생을 낳을 때 배를 가르고 꺼내야 하는 상황이 오고 말았지. 결국 어마마마께서는 출혈 과다에 쇠약해진 끝에 모종의 병에 걸리셨다."

즉 동생은 제왕절개로 태어났다는 이야기군.

의술이 발달하지 않은 이 세계에서는 너무 위험한 수단이다.

"모든 것은 후계자를 남기기 위해서였다. 단지 그것 때문에 어머마마께서 돌아가셨다."

그렇게 왕은 자신을 달래듯이 주먹을 꾹 쥐었다.

"그만큼 중요한 왕가의 피가 내게서 끊어진다면 나는 도저히 면목이 없다. 그때도 나라는 사실상 공작가가 좌지우지하고 있었기에, 당시 겨우 열 살 남짓이었던 나는 성에 버티고 남아봐야 죽는 날을 기다리는 꼴이었다. 나는 힘이 필요했다. 그렇게 내가 자리를 비운 후, 공작가는 나의 숙부를 왕의 대리로 앉혀 괴뢰정권을 세웠다만…… 이렇듯 나는 힘을 얻어 돌아왔다. 자복의 시간은 끝난 거다."

"어쩔 수 없는 결단과 명확한 목적이라. 전쟁도 재미로 하려는 건 아니겠네."

"그렇다. 오히려 나는—— 나라를 크게…… 아니, 세계의 패권을 쥘 생각이다. 그리고 저세상에서 어머니와 만났을 때 말할 것이다. 어머니의 죽음은 헛되지 않았다고……."

"그렇군……."

뭐, 그렇다고 해도 나는 전쟁에 찬성할 생각은 없다만.

그래도 다른 귀족들처럼 이상한 사람이 아닌 것은 확실하다.

그런데 문득 왕이 씁쓸한 표정을 지었다.

"그런데 어떡할 텐가? 7년간 자리를 비운 탓에 나는 도리어 궁전에 발조차 붙이기 어려운 상황에 부닥쳤다. 심지어 내가 가짜가 아닌가 의심하는 자가 있을 정도였지. 그래서 나는 진정한 왕의 힘을 보여주기 위해 궁정의식을 이용하기로 했다. 그런데……."

어이쿠, 그렇게 되는 건가. 이거, 생각보다 미안한 일을 했군.

사정을 듣고 보니 불가항력이었다고 결국 방해를 한 셈이라 살짝 미안한 기분이 들었다.

나는 그 자리에서 벌떡 일어났다.

"으음, 일부러는 아니었지만, 솔직히 의식을 방해한 게 미안하니 당신을 도와줄게."

"도와준다고?"

"응, 그래서 말인데, 임금님? 혹시 베니슨 상회 알아?"

그러자 왕이 주저 없이 대답했다.

"──정적이다. 이 나라의 실권을 쥐고 있는 패트런 공작이 주인이지."

역시.

즉, 이건 베니슨 상회가 짠 왕의 암살 작전이다.

근위 전력만으로 소국의 절반 정도 되는 힘을 지닌…… 왕실의 정통후계자.

왕권 계승자인 것만으로도 성가신데, 그 후계자가 확고한 의지를 지닌 인간이라면, 그야 몹시 눈에 거슬리겠지.

그리고 이 사이클롭스는 자연 발생한 사이클롭스가 아니다.

우연이라고 하기에는 타이밍이 너무 딱딱 들어맞으니까 말이지…… 모노아이 데빌이 인위적으로 진화한 개체라고 보는 게 옳으리라.

즉, 왕은 반드시 사이클롭스와 마주칠 수밖에 없었다.

거기에 만약 인공 진화가 사실이라면, 이 산속에 과연 사이클롭스가 이 녀석 하나뿐이겠는가?

만약 나의 짐작이 맞다면──.

"역시 그런가."

우리 눈앞에 사이클롭스의 최종 진화가 나타났다.

명칭은 로드 사이클롭스…… S랭크를 넘는 괴물이었다.

사이드: 알베르=라쿤

시간을 거슬러 올라가 몇 달 전.

"각하한다."

12살에 궁궐을 나와 7년의 여행을 마치고 찾은 동방의 어느 산속.

녹음이 무성한 폭포 근처에 작은 오두막이 세워져 있었다.

그곳은 그들이 출발한 장소이자 종착점이기도 했다.

오두막 안―― 그의 시선 끝에는 열일곱 살 정도로 보이는 소녀가 의자에 앉아 다리를 꼬고 있었다.

7년 전과 전혀 다를 바 없는 외모…… 이 모습이 천년도 더 산 사람의 얼굴이었으니 젊은 왕이 당황하는 것도 무리는 아니었다.

근접전투라면 지상 최강이라는 불러 손색이 없는 괴물을 눈앞에 두고 왕은 살짝 미소를 지었다.

키는 160cm 정도이며 건강한 하얀 피부는 마치 생기가 넘치는 것 같았으며, 포니테일로 묶은 분홍색의 긴 머리는 비단처럼 부드러워 보였다.

문제는 옷차림이었는데, 아주 짧은 데님 반바지에, 웃옷이라고는 노출이 다소 과해 보이는 비키니 와 그 위에 대충 걸친 반팔 후드 집업 뿐이었다.

상당히 빈약한 몸매지만 현대 일본의 여름 해수욕장이라면 이만큼 어울리는 복장도 없으리라.

"이봐, 알베르? 어째서 이 몸이 네놈 따위에게 힘을 빌려줘야

하지?"

"현신인 선인: 류카이여. 실례를 무릅쓰고 말하지. 왕가의 시조부터 이어진 인연이다. 일찍이 시조가 세상을 통일했을 때 힘을 빌려준 것처럼 다시 한번……."

그러자 그의 말이 끝나기도 전에 류카이가 크게 한숨을 내쉬었다.

"네놈 말대로 그런 인연이 있었고, 네놈의 선조도 좋은 녀석이었어. 그래서 너에게 단련하는 법—— 레벨링을 가르쳐주었잖나."

"……그랬지."

"이 몸은 현세의 정치에 간섭하지 않겠다고 결심했다. 용왕이라던가 마계의 금술사라던가, 어느 심연의 극치에 닿은 자들은…… 다 같은 생각일걸?"

"…………."

"게다가 정말 죽도록 단련한 것도 아니면서 남의 힘을 빌리겠다니, 너무 뻔뻔하지 않나?"

"죽도록 단련하지 않았다고……? 출발할 때는 열다섯 명…… 마물의 소굴을 돌아다니다 무사히 돌아온 사람이 나를 포함해 겨우 여덟 명이라도?"

그러자 류카이가 배를 잡고 웃기 시작했다.

"단순히 네 각오가 부족하다고 말하고 있는 거다. 처음에 선택지를 주지 않았더냐? 그럭저럭 강해질 수 있지만 50%의 확률로 죽는 길과 상식을 초월한 힘을 얻는 대신 99%의 확률로 죽는 길. 어느 쪽을 선택할 거냐고."

"…………."

"결국 네놈이 50%의 길을 고른 대로 된 것이 아니더냐. 네가 궁극의 무예가가 아니라 왕의 길을 걷겠다고 했으니 뭐, 마땅한 선택이었다만은."

"…………."

"3년 전에 너와 비슷한 녀석이 이곳에 왔다. 그 녀석은 99%의 확률로 죽는 길을 망설이지 않고 주파했지. 그 덕분에 일개 마을사람이 세계를 바꿀 정도의 힘을 얻었다. 뭐, 그렇게 말해도 그 애가 이 몸의 가르침의 덕을 본 건 기껏해야 4할 정도…… 조금 특수한 경우였다만."

"마을사람이…… 세계를 바꿀 정도의 힘을 가졌다고?"

"그래, 마을사람이."

"그 마을사람과 당신 중에…… 누가 더 강하지?"

류카이는 잠시 생각하더니 즐거운 듯 히죽 미소를 지었다.

"글쎄, 지금은 나도 장담을 못 하겠군. 그 녀석은 이미 신을 몇이나 먹어버렸으니……."

"그런 인간이…… 정말 존재한단 말인가?!"

류카이가 하하 웃으며 고개를 가로저었다.

"인간은 무슨, 그건 이미…… 인간이 아니야. 태어나기야 사람으로 태어났겠지만, 전투능력은 이미 신의 영역조차 넘으려 하고 있으니."

"그럼 그 마을사람을 뭐라고 부르면 좋단 말인가?"

"마인(魔人)."

"과연. 마인……인가. 그자의 이름을 물어도 되겠나?"

"지상 최강의 마을사람. 검은 머리털에 네놈과 마찬가지로 건 방지게 반말로 지껄이는 놈이다. 이름은——."

그리고 시간이 흘러 현재.

알베르의 눈앞에는 S랭크 마물인 로드 사이클롭스가 바닥에 널브러져 있었다.

전광석화. 질풍신뢰.

일격필살. 그야말로 일도양단이었다.

전투 같은 거창한 것도 아니었다. 그저—— 길가에 핀 꽃을 따는 듯한 광경이었다.

"검은 머리에 건방진 성격……. 이름이 뭐랬더라……."

국제 문제가 될 만큼 위험한 마물을 오직 혼자서 일도양단.

너무나 상식에서 벗어난 광경에 다른 이들은 넋을 놓고 있었다.

알베르 왕만이 자못 알겠다는 표정으로 류토에게 다가갔다.

"너…… 이름이 뭐지?"

"응? 나 말이야?"

기름종이로 피를 닦아내며 류토는 알베르를 향해 대답했다.

"류토=맥클레인. 마을사람이다."

대답을 들은 알베르는 살짝 고개를 끄덕였다.

——과연, 이자가 마인인가.

알베르는 만족스럽게 씩 웃었다.

사이드: 류토=맥클레인

석양도 사라져갈 무렵.

모닥불을 둘러싸고 우리는 저녁을 먹었다.

불은 두 개를 피워놨는데, 한쪽은 식사와 난방용.

또 하나는 침상을 확보하기 위한 것이다.

먼저 마른 나뭇가지와 풀을 모아 간이 텐트를 지었다.

문제는 이런 풀은 작은 벌레가 잔뜩 붙어 있기 때문에 그냥 쓰면 통 가려워서 잠을 잘 수가 없다.

이럴 때 대처 방법은 텐트 안에 생풀을 태워 한 시간쯤 연기를 내는 것이다.

이렇게 하면 벌레가 연기에 질식하거나, 도망친다.

참고로 왕은 로드 사이클롭스를 내가 퇴치하자마자 "감사는 나중에 다시 하지" 하고는 서둘러 떠나버렸다.

사이클롭스는 어쨌든, 로드 사이클롭스는 터무니없이 위험한 괴물이었으므로 나중에 정식으로 상을 내리겠다는 모양이다.

따라서 남은 우리 네 사람과 산적 아지트에서 해방된 마리아는 모닥불에 둘러앉아 보존식을 먹고 있었다.

"마리아 씨? 베니슨 상회에서 일하던 시절의 이야기를 듣고 싶은데, 왜 그만둔 거야?"

"……별로 남에게 말하고 싶지 않아."

"미안하지만 필요해서 말이지, 가르쳐주지 않겠어?"

왕은 둘째 치더라도 지금은 이게 중요한 문제이므로, 어떻게 해서든 꼭 알아야만 했다.

그 금발 롤머리(였다)가 저 사이클롭스를 이용하여 나와 마리아를 저세상으로 보내려고 했으니까.

"도움까지 받아놓고 모른 척할 수는 없나……."

결국 마리아는 수프를 한번 마시고는 아련한 눈으로 털어놓기 시작했다.

"사실, 아가씨—— 빅토리아가 아끼던 컵을 내가 실수로 깨버렸거든. 결국 빅토리아의 역린을 건드린 나는 성노예의 신분으로 떨어지고 말았지."

"잠깐만 기다려봐. 너무 느닷없잖아."

오른손으로 마리아의 말을 끊으며 왼쪽 집게손가락을 미간에 댔다.

하지만 아무리 생각해도 너무 뜬금없어서 도저히 이해가 안 갔다.

"……어째서 컵을 깬 것만으로 갑자기 성노예 신분이 되는 거야?"

"베니슨 상회의 전통적인 결제 방법이야. 예를 들어 상회에서 관리하는 상인이나 메이드 같이 사용인이 변제 못 할 큰 빚을 진 경우, 상회와 계약한 노예상에게 팔아 청산하는 거지. 당주인 가렛=베니슨이 벼락부자가 되기 전부터 있던 방식이야. 비교적 확실한 담보가 되니까 각종 융자를 받을 때 유리하다나 뭐라나. 뭐, 막 장사를 시작한 풋내기 상인이 큰돈을 빌릴 때 보통 그런 담보를 잡히지. 소문으로는 당주 일가도 예외는 아니라는데…… 그 양반들이 돈을 빌릴 일은 없을 테니 사실이든 아니든 의미 없지만."

"빚이라……."

나는 숨을 들이켰다.

"아끼던 컵을 깬 것만으로 그만한 값을 청구했다고?"

"국보급 컵이라더라. 당시 다섯 살짜리 아이에게 그런 컵을 쓰라고 줄 리도 없고…… 아무리 생각해도 의심스러운 말이지만."

"……그래서?"

"나는 성노예가 되었어도 포기하지 않았어. 외모는 보는 바와 같이 미인이니, 여자의 무기를 쓰겠다는 각오를 다졌지. 남자를 농락하고 이용해서 몸값을 내고 성노예에서 해방되었어. 어찌어찌해서 지금은 유곽의 주인까지 올라갔는데……."

"흠, 혹시 최근에 베니슨 가에서 무슨 접촉 같은 건 없었어? 아니, 직접적인 접촉이 아니어도 돼. 무언가 이상한 일이라던가?"

"그러고 보니…… 요즘 수상한 투자 이야기를 자주 들리더군. 가게의 권리문서를 도난당할 뻔한 적도 있었고. 가게에서 소란을 피우는 사람도 있었지."

그 말에 나는 고개를 끄덕였다.

이쪽도 확실하다.

나와 마리아는 아무래도 꽤 성가신 여자에게 미움을 산 모양이다.

역시 이 의뢰는 그 여자가 꾸민 함정이다.

마리아는…… 그냥 자기가 성노예로 내다 판 여자가 환락가에서 잘사는 모습이 아니꼬웠던 거겠지.

그래서 다시 나락으로 떨어뜨리려 다양하게 계획을 짰으나 실패.

결국 상회가 비밀리에 저지르고 있는 살인 업무에 끼워 제거하려 했다는 거군.

생각보다 단순한 사고방식이잖아?

그나저나 마리아를 내친 건 10년도 전이었는데, 마음대로 되지 않는다고 추적 조사까지 하면서 그렇게까지 하나, 보통?

"진짜, 성격 참 좋네."

아주 집요한 것이 기분 나쁘다고나 할까, 뭐라고 해야 할지…….

그냥 까놓고 말해서 소름이 끼치도록 불쾌하기 짝이 없다. 심지어 권력과 돈까지 휘두르고 있으니 매우 썩었다고 할 수 있다.

내가 질겁하고 있는데 마리크가 말을 걸어왔다.

"그나저나 류토 씨는 정말 대단하네요."

"갑자기 뭔가?"

"로드 사이클롭스는 전설의 마물이잖아요? 용사님이 토벌대를 이끌고 와도 이길 수 있을지 어떨지 모르는 마물 아닌가요?"

"뭐, 그렇지."

"심지어 류토 씨는 마을사람이잖아요?"

"……그렇지."

"역시! 정말 대단하세요. 존경스러워요."

뭔가 기대가 가득 찬 표정, 볼까지 붉히고 있다.

아니…… 뭐냐, 그 눈빛은.

아무래도 나에 대한 동경심이 마구 솟는 모양이다.

"사실은 저도 직업적성은 마을사람이었거든요. 어떻게 하면 류 토 씨처럼 강해질 수 있나요?"

"네가 모험가 일을 하는 건 아버지에게 엘릭서를 사드리기 위 한 돈이 필요해서라고 하지 않았어?"

"네. 하지만…… 저는 옛날부터 영웅담을 좋아했거든요. 그런 데 이야기 속에 나오는 영웅들이 류토 씨에게서 엿보이는 게 아 니겠습니까. 저도 그렇게 되고 싶어요."

꾸밈없는 순수한 미소였다.

"진심이냐…… 직업적성이 마을사람인데 본격적으로 모험가 일을 하려고?"

"역시 이상한가요?"

그의 표정이 단숨에 불안에 물들었다.

내가 평범한 상식인이었다면 그야 말리겠지마는.

이놈의 마을사람 직업적성이라는 건 원체 핸디캡이 커서 강해 지기 몹시 힘들다.

하지만——.

"아니, 그렇지는 않아. 나이는?"

"올해 열세 살……입니다."

하지만 나도 힘들다는 걸 알면서 굳이 그 길을 달렸다.

그렇다면 나 이외에 다른 사람도 가능하지 않을까?

나는 마리크의 머리에 오른손을 올리고 거칠게 쓰다듬었다.

"강해지려는 마음이 있다면 아르테나 마법학교로 찾아와── 힘이 되어줄 수 있을지도 몰라."

열셋인가.

지금부터 시작해도 다소 어렵겠지만, 나의 지식을 전수하면 어느 정도는 성장할 것이다.

그럴 처지는 아니지만…….

나는 무심코 자조하며 웃었다.

그러나 두 번째 인생일 때의 나와 이 녀석이 겹쳐 보였으니 어쩔 수 없다.

뭐, 일단 지켜볼까.

그렇게 우리는 그 자리에서 하룻밤을 보내고, 다음 날 마을에 도착하여 해산했다.

그리고 다시 다음 날.

나는 아르테나 마법학교 안을 거닐다 맞은편에서 걸어오던 빅토리아=베니슨을 발견했다.

저쪽은 아직 나를 발견하지 못했는지 그대로 서로의 거리가 점점 줄어들었다.

"우후후. 쓰레기 청소는 왜 이렇게 즐거울까요? 이번에는 두 마리나 동시에── 아아, 정말 상쾌하네요!"

이것 참, 상쾌할 만큼 기분이 들떠있군…… 정말 성질이 더럽다.

사이코패스도 한 수 접고 들어가야겠어.

"후후. 하지만 장난감이 부서지니 또 허전하네요…… 다음에는 어떤 쓰레기를 청소해볼까요."

경쾌한 걸음으로 랄랄라 콧노래를 부르며 이쪽으로 다가오는 빅토리아.

이윽고 우리의 거리가 5m쯤 되었을 때, 문득 빅토리아가 멈춰 섰다.

그리고는 부들부들 떨기 시작했다.

"어…… 어…… 어……!"

빅토리아는 창백해진 얼굴로 한계까지 눈을 크게 뜨고 한쪽 콧구멍에서 콧물을 주르륵 흘리며 그저 한결같이 "어…… 어…… 어…… 어…… 어…… 어……" 하고 망가진 테이프 레코더처럼 반복했다.

"왜 그래? 유령이라도 봤나?"

"어…… 어…… 어…… 어…… 어…… 어…… 어떻게……?"

"어떻게 살아 있냐고? 길드에 염탐꾼을 놓았잖아? 아직 보고를 못 받았어?"

"마……말도 안 돼! 이건 무슨 문제가……."

"이봐, 빅토리아=베니슨. 너무…… 나를 얕보지 마."

"……이, 이건…… 말도…… 안…… 돼…….."

"네 눈앞에 있는데 뭐가 안 돼. ……하아, 네가 이해할 수 있게 말해줄게."

"……이해?"

"너는 연줄이니 편애라느니 떠들어댔지만, 나는 그냥 코델리아의 인정을 받은 게 아니야. 당연히── 그만한 실력을 갖췄기 때문이지."

이 경우에는 코델리아의 이름을 꺼내는 쪽이 이해하기 쉬울 것이다.

앞으로도 훼방을 받기는 싫으니까.

이어서 나는 빅토리아의 눈앞을 향해 오른쪽 주먹을 뻗었다.

──부웅!

바람을 가르는 소리.

직전에 멈췄지만, 눈을 깜박이는 것보다 빠른 속도였다.

그리고 조금 시간을 두고 태풍의 거센 바람에 휘말린 듯이 빅토리아의 머리카락이 단숨에 뒤로 흩날렸다.

동시에 가발…… 붙임머리였던 롤머리가 떨어져나갔다.

당연히 빅토리아는 바람에 밀려 몇 미터 뒤로 날아가── 쓰러졌다.

"마지막 경고다. 이 이상 날 건드리면 네 잘난 베니슨 상회까지 한꺼번에 쓸어버릴 테니 그리 알아."

"아…… 앗……."

빅토리아는 공포로 인해 굳은 얼굴로 그 자리에 주저앉았다.

"두 번 다시 내 눈에 띄지 마라."

그렇게 나는 뒤를 향해 손을 흔들며 그 자리에서 떠났다.

마을사람입니다만,
"I am a villager,
what about it?" 문제라도?
Story by Arato Shiraishi, Illustration by Famy Siraso

VS
베니슨 상회

"I am a villager, what about it?"
Story by Arata Shiraishi, Illustration by Famy Siraso

——가렛=베니슨.

한 세대 만에 왕국 최대 규모의 거대 상회를 수립한 괴물이다.

그는 작은 상회의 후계자로 태어났으나, 다섯 살 때 작은 사건이 일어났다.

설탕과자를 먹고 싶어 어머니의 지갑에서 동화를 훔치는 바람에 아버지를 화나게 했다.

덕분에 질책이라는 말로 표현할 법한 미적지근한 것이 아니라, 뼈가 부러지지 않은 것이 신기할 정도로 매섭게 혼났다.

아버지는 "돈은 깨끗하게 벌어서 깨끗하게 써야한다"를 모토로 삼았기에 그 정신 교육의 측면도 있었을 것이다.

그의 아버지는 엄격하지만 공평했다.

결코 귀족들에게 뇌물을 바치는 일도 없었고, 고객은 상품의 질과 가격으로 승부하는 타입이었다.

——그래서 파산했다.

엄격하고 공평한 아버지가 사업에 실패하며, 당시 아홉 살이었던 그는 빚 대신 성노예가 되어 남창으로 일하게 되었다.

그렇게 꾀죄죄한 남자 밑에 깔린 그는 동화를 훔쳐 아버지에게 꾸중을 들었던 일을 떠올리며 몇 번이고, 몇 번이고 생각했다.

왜 자신이 이런 꼴을 당하고 있으며, 또 어떻게 하면 이곳에서 빠져나갈 수 있는지.

그리고 최종적으로 그가 내린 결론은——.

——동화 몇 개를 훔쳐서 맞은 것이라면, 금화 천 개를 훔치더라도 들키지 않으면 된다……였다.

아버지는 너무 정직하게 장사를 하는 바람에 뇌물로 얼룩진 장사의 세계에서 패배했다.

깨끗한 자유경쟁…… 그런 공평성은 처음부터 존재하지 않는다.

그렇다. 더러운 일도 포함해야 자유경쟁이다.

세계가 그렇게 돌아가고 있는데 그것을 이용하지 않으면 바보다.

생각해보라.

애초에 태어날 때부터 연줄과 자본을 지닌—— 처음부터 거대 상회의 후계자로 태어난 자들과 어떻게 공평한 승부를 내면 좋은가.

처음부터 존재하지 않는 공평성 따위를 바라면 안 된다…….

그렇게 그는 열일곱 살이 되었을 때 남창에서 벗어났다.

그 뒤 슬럼의 뚜쟁이로 두각을 드러낸 그는 뒷세계로 뻗어 나가 세력을 확대했다.

최종적으로 그는 왕국의 유명 상인—— 아니, 이 나라에서 유일무이한 절대적인 상회가 될 때까지 베니슨 상회의 세력을 확대했다.

그것은 지금부터 4년 전인 49세…… 그가 몰락하여 슬럼가의 남창이 되었을 때부터 40년이 지난 뒤의 일이었다.

──가렛=베니슨── 흔히 괴물이라 불리는 돈의 노예였다.

빨간 카펫을 빈틈없이 깐 집무실.

고금동서의 진품명품으로 가득한── 진짜인지 가짜인지 모르나 과거 용사의 성검이었다는 검 한 자루가 걸려 있는 실내에 남자 두 명이 있었다.

의자에 앉은 오십 대 초반의 마른 남자와 그 옆에 똑바로 선 자세로 긴장하고 있는 사십 대의 수염 난 남자였다.

"이것이 소문의 설탕……이라고?"

요즘 거리에서 유통된다는 값싼 설탕이 그의 책상 위에 놓여 있었다.

흠. 남자가 턱을 어루만졌다.

"이 라벨의 인장…… 본 적이 있군. 마요네즈에 있는 인장인가. 요즘 거리에서 유행하는 조미료 말이야."

초로의 남자가 잠시 무언가를 생각하다 벽에 걸린 달력으로 눈길을 보냈다.

"며칠이지?"

"며칠이라 하심은?"

"마요네즈는 그렇다 치자. 다만 이 설탕이 나돈 지 며칠 쨌가?"

"일주일입니다."

가렛은 살짝 한숨을 쉬고 고개를 가로저었다.

"일주일이나 지났는데 나에게 보고를 올리지 않다니. 유감이군, 마체스. 자네랑 더 있기는 힘들겠어."

그 말에 마체스는 창백하게 질린 얼굴로 미간에 몇 줄기 식은땀을 흘렸다.

"……네? 무슨 말씀입니까?"

"이유를 모르겠는가? 이봐, 모리스."

손을 탁 두드리자마자 투실투실 살이 찐 40대 남자가 종종걸음으로 들어왔다.

"이야기는 밖에서 들었지? 이 건에 대해서는 너에게 맡기겠다. 그리고 이 무능한 놈도 알 수 있도록 설명해줘."

"마요네즈만이라면 우연일 수도 있습니다. 그 정도라면 굳이 바쁜 나리께 가지 않아도…… 정례회의에서 다루면 그만이지요. 그러나 이런 단기간에 희귀한 상품이 두 종이나 나타났습니다. 전혀 정체를 모를 것이 말입니다……. 너무나 위험한 사태입니다. 즉시 보고하고 나리의 지시를 받았어야 합니다."

"바로 그거야. 그리고——."

책상 속에서 한 장의 양피지를 꺼냈다.

"끝이다. 마체스."

아까부터 식은땀을 흘리며 덜덜 떨고 있던 마체스가 그 자리에 무릎을 꿇고 바닥에 머리를 조아렸다.

"네 상회를 흡수한 것은 7년 전……. 상회가 망할 때 넌 우리 상회에 막대한 빚을 졌지. 일찍이 거대 상회를 이끌던 수완을 높이 평가하여 측근으로 두며 많은 급여를 주고, 또 그 급여로 다달이 변제하는 것을 용납해왔으나…… 이것으로 네놈은 변제 불능이다."

"그것만은! 그것만은 용서를! 7년 동안…… 저는 당신의 손발이 되어 상회에 막대한 이익을 만들어내지 않았습니까!"

마체스에게 시선도 주지 않고, 가렛은 손가락을 딱 울렸다.

그러자 검은색 옷차림의 두 남자가 천천히 들어왔다.

"아는 바와 같이 이들은 내가 계약한 노예 시장의 징수인이다. 변제 불능이 된 시점에서 너의 신병은 이들에게 성노예 이하…… 가장 밑바닥 노예로 팔리게 된다. 정신이 나간 연금술사의 인체 실험에 쓰이지 않도록 신에게 기도해둬라."

"자비를! 제발 자비를!"

"자비는 없다. 나 역시 대외채무로 펑크가 나면 이 자들에게 빚 대신 목숨을 돈으로 바꿔야 하니까."

두 남자가 마체스의 손을 잡았다.

그는 그대로 끌려가듯이 밖으로 연행되었다.

문이 쾅 닫히고 나서도 복도에서 비명이 들렸다.

그 소리를 들으며 가렛이 피식 웃었다.

"뭐, 내가 채무초과에 빠지는 일은 없겠지만."

"정말 나리도 짓궂으시군요."

"젊은 시절에는 운용 자금의 융자를 받기 위해 노예 시장과 맺은

계약이지만. 지금도 나는 나 자신을 다스리기 위해…… 가족을 포함해서 이 계약을 유지하고 있지."

"눈 감으면 코 베어 가는 장사의 세계. 막대한 부를 쌓더라도 한 치 앞은 지옥의 밑바닥. 그것을 잊지 않으시려는 것이로군요. 대단하십니다."

"음. 이제 거의 이름뿐인 계약이지만 긴장감을 유지하는 데 딱 좋아."

가렛이 만족스럽게 고개를 끄덕이자, 모리스가 말을 꺼냈다.

"그런데 이상하게 싼 설탕과 마요네즈라는 상품을 팔고 있는 녀석들은…… 어찌할까요?"

"회유하여 착취하도록."

"실은 이 상품에 관한 조사가 이미 끝난 터라……."

"과연 우수하군."

"그리고 이미 첫수를 두었습니다. 마요네즈가 나돌고 있는 시장에 생산자와 접촉했습니다만…… 베니슨 상회에 들어오라는 말을 들으려고도 하지도 않았다고 합니다. 꽤 괜찮은 조건이었는데 말입니다."

"다시 한번 말하지. 회유하여 착취하도록."

투실투실 살이 찐 남자── 모리스가 히죽 웃었다.

"즉── 죽여서라도 상품을 빼앗으라는 지시로군요?"

가렛은 고개를 끄덕이며 진심으로 만족스럽게 웃었다.

"모리스, 역시 자네는 우수하군. 게다가 이해력도 빨라. 엑설런트── 완벽한 대답이야."

"칭찬해주시니 영광입니다."

그때 가렛이 회중시계를 꺼냈다.

그러자 모리스는 즉시 문 쪽으로 걸음을 옮겼다.

그 모습을 보며 가렛은 다시 만족스럽게 고개를 끄덕였다.

"정말 우수하군, 모리스."

"빅토리아 아가씨와의 면담 시간을 방해할 수는 없으니까요."

"그래, 다섯 아이 중에…… 여자애는 그 애 하나뿐이거든. 늦둥이라 그런지 눈에 넣어도 아프지 않다는 말이 뭔지 알 것 같다고."

모리스가 퇴실하고 몇 분 뒤에 빅토리아가 들어왔다.

울어서 새빨개진 눈을 한 빅토리아를 보자마자 가렛은 당황하여 자리에서 일어섰다.

"어떻게 된 일이냐?! 왜 울고 있는 게냐?! 게다가 이 머리는 또 어떻고?! 네가 자랑스러워하던 롤머리를 자르다니……."

"훌쩍…… 훌쩍…… 아버님…… 으흑, 흑…… 아버님…… 류토가…… 천박한 마을사람에 지나지 않는…… 류토가……! 류토…… 맥클레인……이……!"

빅토리아가 단숨에 아버지에게 다가가 그 몸에 다이빙이라도 하듯이 뛰어들었다.

가렛도 역시 그녀를 부드럽게 안아주었다.

"대체 무슨 일인 게냐? 빅토리아?"

"그게…………."

그리고——.

사건의 진상은 빅토리아를 통해 마치 창작소설처럼 극단적으로 각색되어 가렛에게 전해졌다.

가렛은 이야기에 각색이 상당히 붙은 걸 알아챘지만 가만히 고개를 끄덕였다.

"그랬구나. 마을사람 주제에 우리 베니슨 가문에 싸움을 걸었다고……?"

아버지의 진지한 표정에 빅토리아도 역시 진지하게 대답했다.

"그렇다고요! 그는 베니슨 가를 완전히 얕보고 있어요! 숙청이 필요해요! 숙청이!"

흠. 가렛은 턱수염을 어루만지며 크게 고개를 끄덕였다.

"그래, 그렇구나. 아르테나 마법학교에는 열강의 귀족 자제도 많아. 우리 가문의 이름을 알리는 것도 겸해서…… 철저하게 짓밟아주도록 할까."

사이드: 류토=맥클레인

전에 상업권을 사들인 상인 아저씨에게 맥클레인표 상품의 유통 판매를 맡겨놓았다.

판매는 매우 순조로웠다.

고향 사람들의 이주 준비도 막바지에 접어들었다. 그야말로 만사가 술술 풀리고 있었다.

　그래서 나는 오랜만에 코델리아나 다른 애들과 같이 부모님 집에서 설탕과자라도 먹으며 이야기나 나눌 생각을 하고 있었으나, 여기서 약간의 트러블이 발생했다.

　집에 갔더니 정체 모를 병사 다섯이 밭을 망가뜨리고 있었던 것이다.

　부모님은 주저앉아 떨고 있었고, 길 저편에는 열 명 남짓의 무장집단이 이를 구경하고 있었다.

　대체 이게 뭐지? 역병신이라도 붙었나? 뭣 좀 하나 싶으면 성가신 일이 일어나네.

　나는 밭의 작물을 줄기째 뽑아 잎사귀를 찬찬히 바라보는 남자에게 다가가 말을 걸었다.

　"이봐."

　"뭔가?"

　"남의 집 밭에서 이게 무슨 난리야?"

　"최근, 이 근방에 마약이 몰래 나돌고 있다는 보고가 있었다. 그런데 이 밭에 본 적 없는 식물이 있길래 보다시피 검사하는 중이다."

　그러고 보니 마법학교에서 마약이 나돈다는 이야기를 들었었지.

　어차피 빅토리아네 상회서 팔고 있는 거겠지만⋯⋯ 여러모로 피해만 끼치는군.

　"검사라고 하기엔 너무 방식이 거친 것 같은데?"

　부모님은 주저앉아 떨고 있었다. 단순한 검사로 저렇게 될 리

없잖아?

두 분 다 상처는 없는 것 같았으니, 아마 칼을 들이밀며 협박했거나 뭐, 그랬겠지.

다만 나는 부모님을 저렇게 만든 녀석들에게도 웃어줄 만큼 사람이 좋지를 못해서.

"우리는 라쿤 왕국 소속 병사다. 그리고 이는 치안 유지 권한에 의한 정당한 조사다. 네놈이 끼어들 여지는 없다."

"이봐, 가능하면 말로 끝내자고?"

"잠깐, 류토."

잠자코 보고 있던 코델리아가 끼어들었다.

"왜?"

"아무래도 너보단 내가 나서는 게 나을 거 같은데."

"아니, 이런 하찮은 일까지 일일이 네 이름을 팔 수는 없다고."

그때 병사가 칼자루에 손을 댔다.

"보아하니 마을사람 같은데, 너도 칼을 보면 안색을 바꾸고 떨면서 무릎을 꿇겠지. 저기 저 두 사람처럼——."

남자가 히죽 웃으며 검을 뽑으려는 순간——.

——나의 롤링 소배트가 병사의 턱에 작렬했다.

"미안하지만 나는 가족을 협박하고 칼까지 빼 드는 놈을 그냥 놔둘 생각이 없거든."

물론 적당히 조절했다.

기껏해야 뇌진탕이니 금방 일어날 수 있을 거다.

그러자 이 상황을 지켜보던 네 명의 병사가 살기를 뿜어냈다.

"하아, 류토……."

"뭐, 어때. 이 정도는 괜찮지 않아?"

"이제 어떡할 거야?"

"싸울 생각이라면…… 날려버려야지."

코델리아는 내 대답을 예상했는지 늘 짓던 표정을 짓고 있었다.

살기를 뿜어대던 넷이 이쪽을 향해 빠르게 다가오기 시작했다.

그러나 직후 네 사람이 갑자기 엎드려 절했다.

그들이 절하는 방향에서 웬 무리가 다가오고 있었다.

"네놈도 예를 갖추지 못할까?!"

나는 병사들의 말을 무시하고 눈을 돌려—— 이 나라의 왕에게 시선을 보냈다.

"내부가 어수선해서 힘이 없다고 하더니, 이 녀석들을 무릎 꿇릴 권위는 남아 있는 모양이네."

"이런 곳에서 만나다니 기이한 인연이로군, 마을사람."

그리고 왕은 주위 상황을 확인하고 불쾌한 듯 고개를 가로저었다.

"어리석은 놈들……. 이것은 사탕무다. 마약이 나돈다는 보고가 있었다고는 하나, 즉시 강권을 휘두르다니……."

이어서 왕은 나를 힐끗 보며 한숨을 쉬었다.

"부하가 무례하게 군 모양이군. 용서하라."

왕이 말에서 내려 나의 눈앞에 섰다.

"그 뒤로 이것저것 생각했다. 저번 일도 있고 하니 아르테나 마법학교까지 갈 생각이었다만…… 뭐, 마침 잘 됐군."

"응?"

"거두절미하고 말하마── 류토, 나를 섬기지 않겠나?"

진짜 단도직입이군.

하지만 공교롭게도…… 나는 고개를 가로저었다.

"나는 마법학교에서 공부해야 해. 그건 힘들겠어."

"하하! 왕의 부름을 거절하는 거냐."

"너는 내가 어떤 사람인지 알고 있잖아?"

"솔직히 말해서 남에게 부탁이란 걸 해본 건 오늘로 두 번째다. 첫 번째는 선인이었고 두 번째가 너지. 네가 누군지 모르면 이런 부탁을 할 리가 없지. 그리고 나는 같은 말을 두 번은 하지 않는다."

역시 왕은 류카이의 관계자였나.

그보다 내 스승은 왕에게 내 이야기를 해준 모양이군. 뭐, 비밀로 해달라고는 안 했으니 나도 할 말 없다만.

"그리고 저번의 포상 건이다만……."

"잠깐, 너무 깔끔하게 포기하는 거 아냐?"

"내게 널 끌어들일 만한 역량이 없었을 뿐이다."

"정말 깔끔하네."

"다만── 그건 지금의 내가 그렇다는 말이다."

나는 코델리아 같은 말투라고 생각하며 웃었다.

"뭐, 그래. 그리고 포상 이야기가 나와서 말인데, 굳이 직접 찾아와가며 할 정도로 거창하지 않아도 되지 않았어?"

"정확히는 설탕과 마요네즈 이야기를 듣고 시찰하러 온 거다. 이곳을 보니 알 것 같군. 저건 사람이 할 수 있는 게 아니다. 그야 말로 마인이 아니고서야."

마인이라니.

진짜 스승에게 하나부터 열까지 다 들은 모양이군.

왕은 그대로 나의 뒤에서 떨고 있는 어머니에게 말을 걸었다.

"거기 부인."

"아, 앗, 네……! 부르셨습니까?"

"여기가 마을이라면 모를까, 황야에 집 하나 지어놓고 살고 있는데, 마물 걱정은 없는가?"

"이 주변은 마물이 돌아다니지 않습니다만, 경비견을 두었다고 는 하나, 솔직히 말씀드리자면 저희는 마물이 익숙지 않기에 매일 공포에 떨며 밤을 뜬눈으로……."

"됐다. 받거라."

그러더니 왕은 허리에 찬 장검을 뽑아 나에게 던져주었다.

"이 검은 뭐지?"

"왕가의 보검이다. 파사마법이 담겨 있는 아티팩트지. 어지간한 마물은 이 검이 있는 한 가까이 다가올 수 없다."

왕가의 보검이라니 상당한 물건이잖아?

내 기준이 어쨌든, 남에게 함부로 넘겨줄 물건은 절대 아니다.

"왜 그걸 나에게?"

"상이다."

이어서 왕은 품에서 양피지와 펜을 꺼내 맹렬한 속도로 사인했다.

그리고 다 쓰자마자 마찬가지로 나를 향해 양피지를 던져 건네주었다.

"이건?"

"나를 알현할 수 있는 허가증이다. 언제든 놀러 오거라."

"……뭐, 내키면."

"그리고 이 땅 말이다만…… 조만간 활기찬 마을이 되겠지?"

고향의 마을 사람들은 모두 이곳으로 데려올 생각이다.

딱히 활기차게 만들 생각은 없지만, 다루는 물건이 물건이니만큼 알아서 활기차게 바뀔 것이다.

"뭐, 그렇겠지."

"그렇다면 내 이름으로 이곳을 지켜주마."

"……왜 그러는데?"

"그것 또한 상이다."

"대신 원하는 게 뭔데?"

왕이 훗 하고 웃으며 대답했다.

"단도직입이군."

"하하. 그건 마찬가지 아닌가."

나의 말에 왕이 다시 유쾌하게 웃었다.

"그것도 그렇군. 뭐, 지금은 날 섬기라는 말은 하지 않겠다. 아니, 힘을 보태라는 말도 하지 않으마. 대신 오늘은── 너와 연줄을 만들고 싶다."

"더할 나위 없이 타산적인 이유였군."

"나는 거짓말을 싫어한다. 하물며 앞으로도 친분을 쌓고자 하는 사람이라면 솔직하게 나서는 것이 성의라는 것이겠지."

나는 한번 크게 심호흡했다.

용족도 그랬지만 나는 이런 솔직한 사람을 좋아한다.

뜬구름만 잡는 사람에 비하면 훨씬 믿음이 가니까.

"아무래도 임금님은 진심으로 세계의 패권을 노리는 모양이군."

"이미 말하지 않았나. 나는 거짓말을 싫어한다."

나는 알현 허가증을 품에 넣고 고개를 끄덕였다.

"좋아. 마음이 내키면 놀러 갈게."

"그래, 알겠다."

그 말만 하고는 왕은 다시 말에 올라타 돌아갔다.

내가 그 뒷모습을 배웅하고 있는데 아버지와 어머니와 다가왔다.

"얘, 류토? 저분은 대체……?"

"응? 아, 이 나라의 왕."

""뭐?!""

잠시 두 사람이 무언가를 생각하더니, 아버지가 나의 어깨를 톡톡 두드렸다.

"농담하지 말거라, 류토. 아무리 그래도 그건 아니겠지. 혹시 마을의 대관님(주군을 대신하여 행정을 보는 사람) 아니냐? 그나저나 마법학교는 굉장하구나. 그런 분과 아는 사이가 될 수 있다니……."

"과연 우리 류토구나! 그렇게 대관님과의 친분을 계기로…… 공적을 세워서 견습 기사가 되고…… 마지막에는 기사님이……

과연 엄마의 류토야!"

그때 코델리아가 후우…… 하고 한숨을 쉬었다.

"아저씨? 아주머니?"

"왜 그러니, 코델리아?"

"그…… 류토 말대로, 라쿤 왕국의 국왕이 맞으십니다. 전에 만찬회에서 뵌 적이 있거든요."

""뭐?!""

두 사람은 그 자리에 털썩 쓰러지더니, 아버지는 입을 뻐끔거리며 넋이 나가버렸고, 어머니는 하늘을 향하여 무언가 헛소리를 중얼거리기 시작했다.

"류, 류…… 류토가…… 임금님과 아는 사이……? 반말…… 무, 무…… 무슨 일이 일어…… 어? 엥?"

뭐, 아무튼 아버지와 어머니의 개척지는 왕의 이름으로 비호를 받게 되었다.

사이드: 알베르=라쿤

말을 타고 돌아가는 길.

나에게—— 선왕 때부터 따르고 있는 충신이 말을 걸어왔다.

195

"저하……?"

"할아범…… 그렇게 부르지 말게. 이미 반년 전에 대관식까지 모두 마친 몸이니."

나의 말에는 대꾸하지 않고, 나이 예순이 넘은 노병이 간하였다.

"어째서 보검을 그 자에게 건네셨습니까? 그것은 왕가의 비보이자 왕의 증표 아닙니까? 왕위 계승의 정통성을 보여줄 중요한 검입니다. 저하가 보검을 잃었다는 소문이 반(反) 왕가 귀족에게 알려지면 어떤 트집을 잡을지……."

"어차피 정통성 따위에 귀를 기울이는 자는 이미 이 나라에 없다. 왕궁만 보더라도 귀족 주제에 짐보다도 권력을 휘두르고 있지 않나?"

라쿤의 힘은 시대를 거듭할수록 줄어들어, 이제는 영토도 전성기의 4분의 1조차 남아 있지 않았다.

일찍이 천하를 호령하던 대국이 변경의 소국이라 불리게 된 지가 벌써 백 년이다.

"공작가를 말씀하시는 겁니까?"

"그들도 참 대단하지 않나? 조부께서 통치하실 때는 꾸벅꾸벅 머리를 조아리던 것들이, 지금은 짐을 업신여기며 궁정을 쥐고 있으니."

"이 모든 것이 선왕을 보필하던 소신이 부족했던 탓이옵니다. 알베르 저하께서 궁을 나서실 때는 이미 손을 쓸 수 없는 상황이었습니다."

"누구의 탓이 아니다. 자신을 책망하지 마라. 굳이 말하자면 우리가—— 약했기 때문이다."

"그리 말씀하심은?"

"조부께서 힘이 없으셨다. 할아범을 포함한 아버지의 가신들이 힘이 없었다. 적어도 아버지 대신 내가 왕위에 올랐다면 달라졌을지도 모른다—— 지금은 의미도 없는 이야기다만. 그리고 나의 운도 약했다."

"저하……."

할아범이 눈물을 머금었다.

"그렇다고 보검을 변변치 않은 자에게 주시다니……."

"할아범—— 이건 도박이네."

나는 하늘을 올려다보며 말을 이었다.

"도박이요?"

"마인과의 인연…… 과연 그 결과가 어떨지."

그러며 나는 고삐를 강하게 쥐었다.

"자, 궁정에서 투쟁이 기다리고 있네. 어디 한 번 부딪혀보도록 하지—— 음모가 휘몰아치는 독사의 소굴에……."

사이드: 류토=맥클레인

고향 사람들의 개척지 이주 날짜가 정해졌으므로 우리는 급하게 새집을 짓고 있었다.

참고로 이주에 드는 모든 비용은 코델리아가 대신 내기로 했다.

평소에도 책임감이 강하던 코델리아는, 가족의 책임은 자신의 책임이라 말하며 기어코 돈을 내놓았다.

이만한 금액이라면 용사라고 해도 푼돈이라고 할 수 없었다. 물론 다른 사람에 비하면 용사는 그만큼 또 벌기 때문에 못 낼 것도 없었지만.

그리하여 이제 거의 다 끝났다고 생각한 순간.

또다시 문제가 찾아왔다.

★

아르테나 마법학교의 기숙사.

아침에 일어나보니 내 방문 앞에 소포 상자가 놓여 있었다.

40cm쯤 되는 정육각형 나무상자였다.

받는 사람 이름에 내 이름이 적혀있었으나, 이건 우편 기관을 통해 배달한 물건이 아니었다.

즉, 이 학교의 학생이나 혹은 몰래 들어온 자가 두고 갔다는 의미였다.

"뭐야 이게……?"

상자를 건드리자마자 뭔지 모를 썩은 냄새가 코를 찔렀다.

나는 뱃속의 역류를 참으며 상자를 열었다.

그리고 내용물을 본 순간 경악을 금치 못했다.

"마리크……?!"

사이클롭스 사건 때 허드렛일을 맡았던…… 마을사람 소년.

"나를 찾아오라는 말을 하긴 했지만, 이런 모습으로 오라는 말은 안 했다고……!"

그의 표정은 공포로 얼룩진 채 눈은 크게 부릅뜨고 굳어 있었다.

양쪽 귀는 잘려나갔고, 크게 벌린 입에서 혀가 삐죽 튀어나왔다.

한마디로 이것은──.

──마리크의 잘린 목이었다.

그 자리에서 휘청거리며 쓰러질 뻔한 찰나, 나의 방으로 달려오는 기숙사장의 모습이 보였다.

진상이 어쨌든 이런 걸 들켰다간 소동이 벌어질 거다.

나는 나무상자를 방구석까지 들고 가서 그 위에 모포를 덮었다.

"류토=맥클레인!"

"이런 아침부터 무슨 일이십니까?"

"너의 대인관계는 대체 어떻게 된 거냐?!"

"의미를 모르겠는데요?"

"면회다! 이 일대를 관리하는 베니슨 상회의 이인자가 널 지명했단 말이다!"

면회실에는 투실투실 살이 찐 사십 대 남자가 온화한 미소를 짓고 있었다.

"아아, 저는 베니슨 상회 소속, 모리스라고 합니다."

나는 의자에 앉아 책상을 끼고 맞은편에 있는 모리스를 노려보았다.

"높으신 분이라고 들었어. 웬만한 귀족보다도 힘이 강하니 실수하지 말라더군."

"그걸 알면서도 그런 말투라니. 과연, 정보대로 대담한 기질을 지닌 모양이군요."

"대담한 게 아니라 분위기 파악을 못 할 뿐이야. 그래서 용건은?"

"최근 시장에 나도는 저가 설탕의 생산자…… 개척지의 실질적인 관리를 하는 사람이 당신이죠?"

그렇군.

이미 조사를 다 하고 왔다 이거지?

그렇다면 아까 받은 선물은 보나 마나…….

"그럼 어쩔 건데?"

"아니, 정확하게 말하면 용사 코넬리아 양이나, 혹은 그 관계자가 당신의 뒤에 있겠지요. 그리고 당신은 그들의 꼭두각시가 되어 앞에 나선다. 뭐 이런 거 아닙니까?"

아무래도 뭔가 착각을 한 모양이군. 나로서는 대환영이지만.

"서론이 길군. 얼른 본론으로 들어가."

"위약금을 받아야겠습니다."

"……위약금?"

그가 양피지를 내밀기에 나는 내용을 쓱 확인했다.

"청구서인 것 같은데, 내가 잘못 봤나? 국가 예산에 필적하는 금액이 적혀있는데?"

"상업 길드가 관리하는 사업장을 멋대로 어지럽히지 않았습니까? 상업권도 없이 암거래를 일삼았으니, 오히려 이 정도는 당연하다고 봅니다만."

"상업권 있는데?"

"마요네즈…… 상업권을 얻기 전부터 팔지 않으셨습니까?"

나는 금화 하나를 책상 위에 놓았다.

"네 말대로 그전에도 팔긴 했지. 나도 그게 신경 쓰여서 상업 길드에서 과거 사례를 듣고 왔거든. 이거면 충분한 보상이 될 거다. 나중에 상업 길드에 직접 내도록 하지."

"그것은 합의를 통해 나온 보상금이 아니었습니까? 지금 이 도시를 관리하는 건 베니슨 상회. 저희는 이 도시의 장사를 방해당했고, 저희를 방해한 것은 당신입니다. 그리고 베니슨 상회는 당신과 합의할 의사가 없습니다."

"그건 너희가 정할 일이 아닐 텐데? 경영 분쟁은 상업 길드가 재정권을 갖고 있으니까. 괜히 세계 상인 연합인 게 아니잖아?"

"그것은 인정할 수 없습니다."

"법에 따른 정당한 처리를 인정 못 한다고? 이게 너희가 인정하고 말고 할 문제인가?"

그러자 모리스가 킥킥 웃기 시작했다.

"이것 참, 진짜 모르셔서 이러시는 겁니까? 수가 틀어지면 저희가 어떻게 나올지 잘 아실 텐데요? 오늘 아침에 받으신 물건······ 혹시 확인하지 않으셨습니까?"

순간 나는 머리의 혈관이 끊어질 듯한 분노를 느꼈다.

어깨를 파르르 떨며 나는 모리스를 다시 노려보았다.

"즉······ 인정한다는 거지?"

"무엇을 말입니까?"

"마리크를 너희가 죽였다는 걸."

"무슨 말인지 모르겠군요. 뒷세계에서 일하는 자들은 돈만 있으면 간단히 부릴 수 있기는 합니다만."

"······이런 액수를 낼 수 있을 리가 없잖아?"

"예, 이건 머리를 숙이라는 뜻이니까요. 당신이 생산 중인 두 상품을 우리 상회에 양도한다면 청구서 파기는 물론, 대가도 드리지요. 다만 굴복하지 않는다면 좋게 끝나지는 않을 겁니다."

그러며 모리스가 히죽 웃었다.

"대가라고 해도 물론······ 헐값입니다만."

나는 잠시 생각한 뒤 고개를 끄덕였다.

"조금 생각하게 해줘."

"일주일 뒤에 다시 오겠습니다. 현명한 판단을 기대하지요."

그렇게 모리스는 면회실에서 총총히 퇴실했다.

빅토리아부터 시작하여 드디어 베니슨 상회 본체가 움직이려는 모양이다.

한숨이 저절로 나왔다.

"나 참…… 차례차례 웃기지도 않는군."

사이드: 알베르=라쿤

"저하! 드디어 법안이 통과되었습니다!"

"그러니까 저하라고 부르지 말라고 하지 않았나."

"그러나 20년 전부터 이 호칭을…… 죄송합니다, 저하…… 앗!"

말 위에서 쓴웃음을 짓는 할아범을 보며 나까지 쓴웃음을 짓고 말았다.

"됐네. 할아범만 특별히 허가하도록 하지."

"황공하옵니다. 하온데 저하, 이번에는 어디까지 하실 생각이시옵니까?"

"현재 궁정 내의 세력도를 보자면 3:1:6이라고 할 수 있다."

"공작의 파벌이 셋, 저하의 파벌이 하나, 그리고 관망이 여섯이로군요."

"나는 아직 국군을 움직일 수 없다. 왕의 권위가 바닥에 떨어져 있기 때문이지. 검이 없는 왕에게 실권은 없다. 나는 그저 내 근위 여섯 명의 전력을 뒷배경 삼아 발언을 하고 있을 뿐이지."

"그렇습니다."

"그리고── 나는 일부러 그들의 전력을 감추었다. B랭크가 여섯 명에 A랭크가 한 명쯤이라고."

"전부터 의아했습니다만, 어찌하여 그런 말씀을?"

"궁정의 상황도 모르는데 처음부터 자기 패를 다 보여주는 바보가 어디 있나. 그리고 요 반년 동안 정보수집과 뒷공작을 펼쳐 간신히 사법부를 조금이나 정상으로 돌려놓았다."

"드디어 공작파의 자금원인 마약 거래를 끊을 수 있겠군요."

"그 공공연한 마약 거래의 수사 영장을 받아내는 데 반년이 걸렸다. 이게 말이나 되는 이야기인가?"

"그러나 저들의 자금원을 끊을 수 있다면……."

"공작가의 세력이 약해지고, 나머지 여섯을 내 세력으로 끌어들일 수 있겠지. 그들은 강한 쪽에 붙으려고 할 테니까."

나는 고삐를 다시 쥐었다.

"자, 이제부터 쌓이고 쌓여 완전히 더러워진 이 나라의 쓰레기를── 대청소할 시간이다."

그렇게 나는 왕도에서 말로 이십 분쯤 떨어진 곳에 있는 베니슨 상회의 숨겨진 거점으로 향했다.

"마치 도시군."

성채처럼 벽으로 둘러싸인 부지 안.

이곳은 베니슨 상회의 은밀한 사업을 도맡아 처리하는 거점이다.

지금까지 외부의 사법기관이 발을 들인 적이 없는, 아니 발을 들이지 못하던 무법지대.

이곳은 상회의 시설이라기보다도 말 그대로 작은 도시와 같은 규모였다.

유곽과 술집이 늘어서고, 공공연하게 마약을 파는 시설마저 있었다.

"이럴 수가……."

"맨드렌느의 냄새로군요. 이렇게까지 당당하게 마약을 팔고 있을 줄이야……."

"아니, 그게 아니다. 조금 전 지나친 사람은 A랭크 현상범. '학살귀 무라트'…… 또한 말은 하지 않았으나 B, C랭크의 현상범의 얼굴도 몇 번이나 봤다."

"……현상범을 숨기고 있다는 말씀입니까?"

"나의 예상보다 놈들은 훨씬 거친 일에 망설임이 없는 모양이군."

"오히려 수단을 고르지 않았기에 한 세대 만에 이 정도로 커다란 상회를 만들었겠지요."

그때 큰길이 더욱 넓어지며 원형 광장이 나왔다.

아니, 이것은 원형 광장이라기에는 너무나 크다.

그런가…… 나는 문득 깨달음을 얻고 경악했다.

"이곳은…… 원형 투기장이야."

"투기장? 엄청난 인파로군요. 중앙에 우리 안에서 하는 게 마물과 인간의 도박 시합이란 말입니까?"

중앙 거리의 광장.

일반적인 도시라면 분수 등이 놓인 평화로운 광경이 펼쳐질 터였다.

그러나…… 이 도시는 달랐다.

원형 계단이 객석이 되고, 중앙의 철책 우리 안에는 피비린내 나는 광경이 펼쳐졌다.

"아니, 도박 시합조차 아니야. 이건 살육쇼다."

말 그대로 철책 우리 안에는 어린이가 몇 명, 무장도 없이 갇혀 오거에게 잡아먹히고 있었다.

"야! 이 꼬맹이들아! 도망쳐, 도망쳐!"

"얼른 죽어! 이쪽은 5분 이내에 전멸하는 쪽에 걸었단 말이야!"

"여기까지 왕도에서 말을 타고 20분이면 도착할 만큼 가깝거늘……! 안 그렇습니까, 저하?"

안타까운 심정으로 나는 말을 전진시켰다.

"이런 광경이 자연스럽게 펼쳐지고 있다니. 그 정도로 부패했다는 뜻이다. 아니, 모두가 부패시키고 만 거다."

나는 계속 앞으로 나아가—— 이 마을의 중추를 담당하는 베니슨 상회의 주인인 가렛의 별가에 도착했다.

"마굴에 어서 오십시오. 알베르 왕."

집무실 문을 부술 듯이 열자마자 가렛이 입을 열고 말한 첫마디가 이것이었다.

마치 내가 올 것을 알고 있던 듯 얼굴색 하나 바꾸지 않고……
아니, 사전에 정보가 새어나갔단 말인가?

뭐, 만약 정보가 새어나갔다고 해도 예상한 바이다.

"마굴이라고?"

"네, 저희는 그렇게 부르고 있습니다."

뭐, 확실히 마굴이라는 말이 어울리는 곳이군.

나는 가렛을 노려보며 품에서 양피지를 꺼내 눈앞에 들이밀었다.

비합법 거래에 관한 강제조사 영장이었다.

"강제조사를 개시한다. 이유는 설명할 것도 없겠지?"

그러자 가렛이 할 수 없다는 듯 어깨를 으쓱하며 고개를 가로
저었다.

"영장을 내밀지 않으셔도 안내해드리겠습니다."

"뭐라?"

"여러분이 가장 보고 싶은 것은 '마약과 같은 것'의 물적 증거겠
지요."

"마약과 같은 것……?"

의미심장한 표현에 나는 의아하여 인상을 찡그렸다.

가렛이 따라오라는 듯 걸음을 옮기는 바람에 나와 할아범, 그
리고 근위 여섯 명은 뒤따라 걷기 시작했다.

걸어가기를 5분쯤.

쓸데없이 광대한 저택의 3층 테라스로 안내를 받은 우리는 경

207

악한 나머지 숨을 죽였다.

"마음껏 보십시오."

그곳에는 호수를 배경으로 큰 규모의 밭이 펼쳐져 있었다.

그러나 우리가 경악한 것은 규모보다 키우고 있는 식물 때문이었다.

"이것은…… 양귀비밭?"

대마를 당당히 드러내고 재배하고 있다는 말인가?

유통량이 상당하기에 어딘가 인적이 드문 산속에서 재배하고 있으리라 판단했으나, 이렇게 대담무쌍할 줄은 몰랐다.

아니, 가장 큰 문제는…… 지금까지 누구도 이 사실을 문제 삼지 않았다는 것이다.

그러기는커녕 이렇게 재배하고 있는 사실과 마약의 유통 자체를 국가에서 계속 무마하고 있었다.

이것은 즉, 이들이 이미 오래전부터 이 나라를 완전히 장악하고 있다는 뜻이다.

아니…… 나는 이를 갈았다.

이 광경은 이 나라가 국가로서 오래도록 그 체제조차 유지하지 못하고 있었다는 것을 의미했다.

"남이 듣기에 거북한 말씀을 하시는군요, 알베르 왕. 이것은 어디까지나 양귀비……와 같은 것입니다."

설마 그 주장이 통하리라 여기는 건가?

아니다. 이 남자는 정말로 지금까지 그런 주장으로 도리에 어긋난 행동을 막무가내로 밀고 나간 것이다.

"아아, 증거품으로 가지고 가셔도 좋습니다. 가져간다고 해도 조사기관은 매수해두었으니까요. 말 그대로 양귀비와 비슷한 풀……이라 결론을 내리겠지요."

"…………."

그래서 여유로웠나.

그러나 사법부의 정상화는 끝났을 터였다. 그렇지 않으면 애초에 영장이 나오지 않는다.

그렇다면 왜……?

나는 일단 생각하기를 멈추고 가렛을 추궁했다.

"조금 전 무법지대에서 현상범을 몇 명이나 보았다만?"

"실력 좋은 모험가 인재를 확보하기가 꽤 어렵거든요. 지위나 명예를 원하는 자도 많지만, 저라도 작위를 줄 수 있는 건 아니라서요. 따라서 돈에만 관심이 있는 자들을 모을 수밖에 없었지요. 그리고 그들은 향락에 눈이 멀어서…… 그 때문에 무법적인 환락가도 만들었습니다. 신하의 충성보다는…… 훨씬 믿음직하지요. 무슨 문제라도?"

"하하, 잘못한 기색도 없이 잘도 말하는군. 정말이지…… 너무나 뻔뻔해."

나의 웃음에 가렛도 역시 유쾌하게 웃음을 터뜨렸다.

"하하, 물론…… 그들은 제가 자랑하는 우수한 부하입니다."

"그러나 현상범을 숨겨주는 것은 국제법으로도 중죄일 텐데?"

"알베르 왕이시여, 아직 이곳에 어떤 장소인지 모르시나 보군요. 조금 재미있는 것을 보여드리지요."

가렛이 다시 걷기 시작하고는 테라스에서 복도로 나아갔다.

이어서 계단을 내려가 지하에 도달했다.

몇 겹으로 잠긴 거대한 철제문을 열리자, 나는 오늘 몇 번째인지 모를 충격에 빠졌다.

방 안에는 감옥이 두 개.

감옥 안에서는 여러 마리의 고블린이 20대 여성 하나를 범하고 있었다.

고블린은 켁! 켁! 하는 기괴한 소리를 내며 허리를 흔들어댔다. 문제는 여자 또한 교성을 내며 고블린에게 응하고 있다는 점이었다.

"뭐냐…… 이건?"

"번식장입니다. 참고로 저 여자는 본래 고명한 성직자입니다만, 지금은 망가지는 바람에 저 꼴이 되었지요."

"번식장이라고?"

"번식기의 고블린은 구멍이 있으면 가리지 않고 발정합니다. 그런데 고블린은 아슬아슬하게 아인종에 들어가서 그런지, 드물긴 하지만 인간과 아이를 만들 수 있거든요."

"그런 것을 묻는 게 아니다! 왜 이런 짓을 하냔 말이다……!"

인간과 고블린이 관계를 갖는다.

눈 앞에 펼쳐진 악몽 같은 광경에 의식에 안개가 낀 듯한 비현실적인 감각이 엄습했다.

"알베르 왕께서는 인간이 감옥 안에 갇히면 어떻게 되는지 아십니까?"

"무슨 말이냐."

"이 여성 말입니다만, 사실은 이 밀월 관계를 기뻐하고 있습니다."

"…………."

"먼저 이 여성을 반년 동안 지하실에 가두었습니다. 다른 사람과 대화도 시키지 않고, 아무것도 시키지 않으며 그저 식사와 배설을 매일 반복하면…… 사람은 조금씩 망가지게 되죠. 지능의 퇴화라고나 할까요? 할 일이 없으면 뇌가 조금씩, 조금씩 망가집니다. 그녀는 이곳에 맞이한 지 10년 가까이 지났습니다만, 이제 가족의 얼굴도 기억하지 못합니다."

"…………."

"그리고 이곳에 온 지 1년쯤 지나 거의 망가진 상태가 되었을 때, 감옥에 발정이 난 고블린을 넣었습니다. 마약과 동시에 말이죠. 일주일에 한 번, 꼭 한 번씩 말입니다. 그 뒤로 고블린과의 성교만이 그녀에게 유일한 자극, 유일한 쾌락이 되었죠. 나중에는 마약이 없어도 고블린을 스스로 원하기 시작했습니다. 뭐, 식사 담당의 말로는 이제 식사를 줄 때마다 고블린을 넣어달라고 한다더군요."

"……그러니까 대체 왜 이런 짓을 하냔 말이다?!"

"저는 제가 언제 파멸할까 두렵습니다. 그래서 항상 위기감을 가지려고 노력하지요. 그러나 아무리 위기감을 가지려고 해도 저는 너무 성공해버렸습니다. 앞으로도…… 애를 먹는 일조차 거의 없겠지요. 물론, 언젠가 방심하여 발을 삐끗할지도 모릅니다. 그렇다고 제가 파멸할 리는 없겠죠. 그래서 이렇게 타인의 파멸을 바라보기로 했습니다. 이렇게 되어서는 안 된다, 이렇게 되면 끝이다⋯⋯ 자신을 다스리기 위해서요."

"고약한 취미로군⋯⋯."

"그밖에도 재미있는 시설이 더 있습니다만 안내해드릴까요?"

"아니, 이제 충분하다."

"벌써 돌아가시는 겁니까? 아쉽군요⋯⋯."

"무슨 말을 하는 거냐, 가렛. 네놈의 악역무도한 짓은 여기까지다."

"흠? 무슨 말씀이시온지⋯⋯? 이대로 조사결과를 갖고 돌아가도 무마되고 끝입니다만?"

"강제조사의 권한에는 즉결 처단까지 포함된다. 이만큼 악역무도한 물적 증거가 모여 있지 않나. 네놈만 처단해버리면 뒤는 어떻게든 되겠지. 죽은 자의 편을 들 자가 어디 있겠느냐?"

"그렇군요. 처음부터 그럴 속셈이셨습니까?"

나는 고개를 끄덕였다.

"사법부가 여전히 뒷돈을 받고 있을지도 모른다는 것쯤, 처음부터 상정해두었으니까. 그 때문에 근위를 여섯 명 데리고 온 거다. 모두 일기당천인 강한 자들이야."

"그렇군요. 새로운 왕께서는 조금은 머리가 돌아가는 모양입니다. 그러나 왕께서는 아직도 상황을 이해하지 못한 것 같군요."

가렛이 손가락을 딱 울리자 실내로 네 명의 남자가 들어왔다.

"학살귀 무라트⋯⋯?!"

"그밖에도 A랭크 현상범이 세 명 있습니다."

"과연. 네놈은 이쪽이 실력행사로 나오리라 예상하고 준비해두었단 말인가."

"암거래도 손을 대고 있으니까요. 이 나라가 어쩌지 못할 정도의 전력은 스스로 준비해야 하지 않겠습니까. 그런데 왕이시여? 듣자 하니 B랭크 여섯 명을 데리고…… 골목대장 흉내를 내신다면서요?"

"…………."

"지금 이 자리에서 저를 처단하시면 제가 유죄, 처단하지 못하시면 저는 무죄가 됩니다. 물론 당신이 패배한 경우 발광한 왕을 어쩔 수 없이 처리했다는 식으로 일을 진행하겠습니다. 아무리 저라도 왕족을 죽이면 어느 정도 벌은 받겠지만, 현재의 정치적 상황과 매수 상황을 고려하면 겉으로만 제재를 받는 데 그치겠지요. 아니, 반대로 공작가에 성가신 고민 하나를 처리해주는 격이니 오히려 보상받지 않겠습니까? 뭐, 말대로 성가신 일이므로 저도 가능하면 그런 사태는 피하고 싶습니다만."

"…………."

"자, 어서 해보십시오. 저는 어느 쪽이든 상관없습니다. 잘난 정의로 어서 해보시지요."

"…………."

"대꾸할 말이 없으십니까. 미리 말씀드리자면 그 영장도 제가 사법부에 시켜서 내놓은 겁니다. 알베르 왕, 그대를 이곳으로 부르기 위해서…… 힘의 차이를 보여주기 위해서 말이죠."

"그래. 잘 알겠다."

"자신의 무력함을 깨달았다면 어서 물러나십시오. 이…… 애송이가!"

"실례하도록 하지."

"뭐, 말은 이렇게 해도, 왕실 정통후계자인 당신을 이쪽 진영으로 끌어들이고 싶은 마음도 있습니다. 이곳으로 부른 건 그런 이유도 있지요. 공작가의 꼭두각시가 되어주시면 당신이 살아갈 길도 있으므로── 언짢게 생각하지 마시기를."

돌아가는 길.

말 위에서 할아범이 분한 표정으로 말을 걸어왔다.

"저하, 겁이 나신 겁니까?"

"겁이라니?"

"놈이 내놓은 건 A랭크 4명, 저희는 A랭크 7명입니다. 어찌……!"

"그래, 거기서 칼을 뽑았다면 녀석을 처리할 수도 있었겠지. 다만 이쪽에도 무사하진 못했을 거다. 게다가 그자는 그밖에도 B랭크 현상범을 몇이나 더 데리고 있지 않았나."

"그건 그렇습니다만……."

나는 하늘을 올려다보며 말했다.

"나는 멀리 내다봐야 한다. 여기서 전장을 함께 할 소중한 부하를 잃을 수는 없다."

"그러나 이번 건으로 궁정 내의 공작파는 기세를 더할 겁니다. 사법부의 허가가 떨어졌어도, 왕이 직접 가서도 처단하지 못했다면서요. 놈을 놔두면 나라의 앞날도……."

"알고 있다. 그래서 나도 처음엔 직접 처단할 생각이었다. 다소 피해를 보더라도."

"그 말씀은?"

"저 도시로 향하기 직전, 거리에 풀어놨던 첩자에게서 연락이 왔다. 놈은 너무 지나쳤어."

나는 입가에 씩 미소를 머금었다.

"놈은 가장 무서운 재앙신의 역린을 건드리고 말았다."

"…………?"

"이 싸움은 이미 내가 이겼다. 굳이 그대들이 피를 볼 것도 없지. 가렛―― 놈은 마인의 분노를 샀다."

"마인이요?"

나는 크게 고개를 끄덕였다.

"놈은 곧 지옥 불에 불타오르게 될 거다."

사이드: 류토=맥클레인

"안녕. 금방 만났네, 임금님."

"그래. 반갑군, 마을사람."

"그나저나 대단히…… 황량한 집이군."

라쿤 왕국의 왕도에서 떨어진 변경의 땅.

이 건물은 남방 야만족을 견제하기 위해 만들어진 성채로, 실제로 야만족이 움직일 때마다 전선으로 변하는 장소이다.

그러나 오래도록 쓰이지 않았기에 성채 안은 먼지투성이였고, 인테리어도 낡았다.

그리고 왕은 이 성채의 지휘관실에 앉아 있었다.

"대체 왜 왕도가 아닌 전선의 성채에 사는 거야?"

"일찍이 대륙을 수중에 넣은 태조 때부터 내려온 관습이다. 항상 왕은 전선에 있어라…… 라는."

"야만족과 분쟁이 일어났다는 말은 못 들었는데?"

그러자 왕은 잠시 무언가를 생각하더니 체념한 듯 웃었다.

"……너를 상대로 허세를 부려도 소용없겠군. 용서하라, 그저 강한 체했을 뿐이다. 뭐, 그럴 수밖에 없는 상황이다, 지금의 나는."

"궁에 있을 곳이 없다고? 아아, 그러고 보니 내부에서 다툼을 벌이고 있다고 했었나."

"그래. 헌데 마을사람? 어째서 이곳에 왔나?"

"조금—— 없애고 싶은 녀석이 있어서."

"기이한 인연이군. 나도—— 없애고 싶은 자가 있는데."

우리는 씩 웃었다.

단지 그것만으로 이해가 일치한 것을 알 수 있었다.

"상황은?"

"먼저 말해두지. 미안하지만 미리 조사해서 너의 상황은 알고 있다. 그리고 나도 그 상회를 제거해야 하는 상황이지. 대대적으로 마약을 유통하고 있는 괘씸한 무리라 내가 직접 강제조사에 나섰건만…… 문전박대를 당했다. 강제처단 권한은 있다만, 상회 또한 상당한 전력을 갖고 있어서 말이다. 녀석들을 칠 힘이 필요하다."

"그럼 어떡할 건데?"

"간단하다. 네가 쓸어버리면 된다."

"알겠어. 이번에는 임금님에게 힘을 빌려줄게. 다만 나는——."

"말하지 않아도 안다. 용사를 말하고 싶은 거지?"

"꽤 잘 아네."

"아까도 말했지만, 미리 조사했다. 그리고 너는 세상에 눈에도 띄고 싶지 않겠지?"

"바로 그거야. 힘으로 없애버리는 것은 상관없지만, 마음껏 날 뛰는 데 필요한 명분은 그쪽에서 준비해줘. 명분도 없이 날뛴다면…… 도적단과 다를 바 없이 현상범이 되고 마니까."

"그래서 제안이 있다, 마을사람."

"뭔데, 임금님?"

"내 사유재산의 절반을 내놓지."

그러며 왕이 테이블에 화폐를 하나 탁 놓았다.

"백금화(일본으로 치면 1억 엔 상당)인가."

"왕이라고 해도 반쯤 몰락한 몸. 내가 움직일 수 있는 돈은 이게 한계다."

"그래서? 어떤 청사진을 그리고 있는데?"

"사법부에서 발부한 영장은 아직 살아 있다. 처단할 권리도 살아 있지. 지난번은 왕의 조사단이 벌인 제1차 조사. 그리고 이번에는 제삼자 기관에 의한 제2차 조사로써 모험가 길드를 움직일 생각이다."

과연. 나는 손을 마주쳤다.

"사문단 멤버는 너와 친한 그 길드장과 너…… 그리고 마지막으로 코델리아=올스톤이다."

용사도 끌어들인다는 건가.

전력은 나 혼자만으로도 이미 충분하다는 사실은 왕도 잘 알 것이다.

그러니 이건 나뿐만이 아니라 코델리아와도 친분을 만들어두고 싶다는 의미겠지.

코델리아도 개척지 건이 있으니 왕의 부탁은 거절하기 힘들 것이다.

빈틈이 없구면…….

"방식은 마음대로 해도 상관없지?"

"그 속에는 범죄자밖에 없다는 사실은 확인했다. 시설째로 파괴해도 상관없다."

"그래, 그 제안…… 받아들이지."

사이드: 가렛=베니슨

일찍이 종교가 부흥한 나라에서 고위 프리스트로 사람들의 신앙을 모으던 성직자.

청렴하며 순백을 뜻으로 삼은 여자가 고블린을 상대로 짐승처럼 교성을 지르며 기쁨에 차올라 격렬하게 움직이고 있다.

그 모습을 바라보며 나는 증류주가 담긴 잔을 흔들었다.

극상의 시가와 술.

그리고 바라보는 악몽 같은 광경—— 나도 모르게 즐거워져 미소가 새어 나왔다.

추락한 인간을 보는 것은 즐겁다.

아니, 교훈이 된다.

"인간, 이렇게 되면 끝장이지."

나 정도의 위치에 오르면 성공이 일상이 되어 마음에 빈틈이 생긴다.

그러면 긴장감이 풀어지고, 그 빈틈이 언젠가 나에게 뼈아픈 패배를 가져오겠지.

아니, 자칫하면 파멸을…….

따라서 나는 타인의 파멸을 가까이서 지켜보며 마음을 다잡곤 했다.

뭐, 그저 인간의 파멸을 바라보는 것이 즐거운 것도 있지만.

그때, 위에서 폭발음이 울려 퍼졌다.

"무슨 일이냐!"

"적습입니다!"

나는 곧장 시가의 불을 끄고, 증류주를 테이블에 놓았다.

서둘러 지하실에서 3층까지 달려가 도시를 한눈에 볼 수 있는 원형 테라스에 도착하자, 나의 머리에서 핏기가 가셨다.

——도시에 파멸이 내리고 있었다.

하늘에서 차례차례 무언가가 날아와 바닥에 떨어지면서 크레이터를 만들고 있었다.

유곽이 날아가고, 술집이 날아가며, 마약을 파는 잡화점이 사라졌다.

도시를 활보하는 건달들이 하늘에서 계속 퍼붓는 무언가의 직격을 맞아 잘게 짓이긴 고기가 되었고, 피와 뇌가 함께 터지며 처참한 광경으로 변했다.

파괴의 여파로 무언가에 불이 붙었는지, 차례차례 도시에 불길이 일었다.

"적습?! 대체 어디에서?!"

"모르겠습니다! 하늘에서 웬 금속 말뚝이 맹렬한 속도로 계속 떨어지고 있습니다!"

적습이라고 해도…… 대체 어느 조직이?

적대하고 있는 블로이드 상회?

혹은 돈을 떼어먹은 변경 마을의 범죄자 길드?

아니면 빚으로 움직임을 막은 옆 나라의 공작가?

그렇지 않으면 지금까지 파멸로 몰아넣은 수백, 수천은 될 채

무자의 관계자?

"에에잇! 짐작 가는 곳이 너무 많아 특정할 수 없잖아!"

나는 황급히 달려온 측근―― 모리스에게 지시를 내렸다.

"모리스! 고용한 현상범들과 건달들에게 전령을 보내! 침입자를 발견하면 바로 제거하라고!"

"아끼던 자들은 어떻게 할까요?"

"말할 것도 없다! A랭크 네 명은 당장 불러 나의 경호를 하라고 해!"

이어서 나는 테라스에서 보이는 도시 전체를 바라보며 크게 고개를 끄덕였다.

"어디의 누군지는 모르겠다만 기사단조차 뛰어넘는 나의 사병 앞에 쓰러져라! 건달 수백 명, B랭크 모험가가 열 명, 그리고 A랭크 모험가가 네 명! 이 철벽의 포진은 누구도 깨뜨릴 수 없어!"

그러자 모리스가 천천히 고개를 끄덕였다.

"맞습니다. 그야말로 철벽이라고 할 수 있지요. 그 견고함이 마치―― 나리를 본뜬 저 아다만타이트 흉상 같습니다."

모리스가 가리킨 안뜰에는 나의 흉상이 놓여 있다.

저것은 아다만타이트로 만든 흉상으로, 내가 이 나라의 전속 상회가 되었을 때 기념하여 만든 것이다.

즉, 내가 반평생 고생한 결정이라고도 할 수 있는 기념물이다.

테라스 의자에 앉아 우아한 동작으로 손가락을 딱 울려, 급사에게 커피를 가져오도록 했다.

"그렇지. 이곳을 지키는 A랭크 현상범이라도 저 상을 파괴하기란 힘들 거다."

"맞습니다. 본 저택은 현상범이 지키고 있습니다. 최소 A랭크 모험가의 마법 정도는 돼야 저 아다만타이트 상을 파괴할 수 있 겠지요."

"그래. 저 상은 내 반평생의 영광을 상징하지. 그리 간단히 파 괴할 수는 없어."

그때 상이 설치된 안뜰에——— 어디선가 목소리가 울려 퍼졌다.

"레일건!"

쿠와————앙!

뱃속까지 울리는—— 강력한 중저음.

동시에 안뜰에 흙먼지가 자욱하게 일었다.

이어서 어디선가 목소리가 들려왔다.

"하하하! 촌스러운 상이잖아, 이거! 음침한 계집—— 릴리스도 마음껏 롱기누스를 휘두르는 모양이네. 하지만 마법사의 역할은 건축물 파괴—— 재미없는 역할 아니야, 이거!"

그러며 동방의 옷을 입은 소녀가 안뜰에 나타나 북쪽에서 남쪽 으로 맹렬한 속도로 달려갔다.

그녀는 저택 외벽에 도달하고는 크게 도약했다.

"——받아라! 레일건!"

허공을 나는 소녀에게서 무언가가 발사되었고—— 국내 최고 의 높이를 자랑하는 도시의 시계탑이 일격에 박살 나 쓰레기 산으로 변했다.

"잔탄 여덟! 8연격으로 화려하게 날려 허리를 바들바들 떨게 해주마! 렛츠 파티 나이트다!"

맹렬한 기세로 달려간 소녀를 보며 우리는 어안이 벙벙했다.

"방금 그건…… 뭐지?"

"모르겠습니다."

나의 물음에 창백하게 질린 모리스가 대답했다.

너무 충격적인 걸 봐서 그런지 머리가 돌아가지 않았다. 나는 손에 든 커피잔을 입가로 옮겼다.

그리고 아까 흙먼지로 덮여 있던 안뜰로 시선을 보냈다.

안뜰에서 폭발이 일어난 모양이지만, 저 흉상이 파괴될 일은 없다. 그야말로 A랭크 이상의 모험가가 오지 않는 한은.

그러나 폭발이 워낙 대단했으니 어쩌면 상처가 났을지도 모른다.

그때는 직공을 불러 곧장 수리해야만 한다.

그때 강한 바람이 불어 폭발로 인한 흙먼지가 금세 가라앉았다. 안뜰의 상황을 확인한 나는 눈을 크게 떴다.

흉상이 흔적도 없이 부서져 무수한 아다만타이트 파편으로 변해있었다.

"푸헉!"

나는 마시고 있던 커피를 그대로 뿜고 말았다.

사이드: 류토=맥클레인

무법 도시에 도착한 우리는 롱기누스가 쏟아지는 가운데 당당하게 큰길을 걸어갔다.

여기저기서 불길이 솟아났고, 온갖 시설이 산산이 분쇄되고 있었다.

쿵 하는 소리가 울리면 곧이어 롱기누스의 창이 굉음을 내며 날아가 건물을 날려버렸다.

쿠왕 하며 레일건 소리가 울려 퍼지면 그 사선에 있는 모든 것이 쓸려 날아갔다.

도시의 주민—— 무법자들은 무엇이 일어나는지도 이해하지 못한 채 그저 허둥지둥 그 자리에서 무기를 들고 뛰어다닐 뿐이었다.

"그나저나…… 류토 씨, 정말 마구 퍼부어대는군요."

"응, 릴리스에게는 천 발의 롱기누스를 비처럼 쏟아내라고 지시했고, 사에구사에게도 비싸 보이는 건물을 향해 레일건을 쏘라고 지시했으니까."

"하지만 저희 일은 무법자들을 조사하는……."

"잘 못 알고 있군. 그걸 착각하면 안 되지. 허가도 떨어졌겠다…… 우리가 할 일은 조사 따위가 아니야."

온 도시에 종이 몇 번이나 울렸다.

아마 종으로 지령을 전달하고 있는 게 아닐까.

"그럼 무엇을 하면 됩니까?"

"우리가 할 일은——."

예상대로 종소리를 들은 건달들이 냉정함을 되찾고, 나와 길드장을 보자마자 날붙이를 들고 몰려들었다.

건달들의 살기를 받으면서도 나는 유유히 가렛의 저택을 향해 걸어갔다.

"이 자식! 우리가 누구인지 알기나 해?!"

"너희는 포위당했다고?!"

"B랭크 현상범 일곱 명이 이쪽으로 달려오고 있어! 이제 어떤 괴물이 상대라도 지지 않는다!"

하지만 나는 개의치 않고 그대로 계속 걸어갔다.

"지금까지 이렇게 음식물 쓰레기를 방치한 사람이 누구야? 너무 방치한 바람에 완전히 썩어버렸잖아."

"쓰레기라고?!"

"내가 쓰레기 청소를 맡기는 했지만, 소각 처리까지 맡지는 않았는데—— 뭐, 좋아."

스르륵 검을 뽑았다.

"소독해주마…… 오물들아."

사이드: 가렛=베니슨

"……퇴로를 준비해."

측근에게 말을 건 나는 그 자리에서 콜록콜록 기침했다.

"나리? 괜찮으십니까?"

"감기 기운이 있어서……."

어젯밤부터 감기에 걸려 기침과 콧물이 나기 시작했다.

증류주──독주를 마셔 몸을 데우고 누우려는 찰나 이 지경이다.

"확실히 약간 콧소리가 나시는군요."

"그런데 모리스는?"

"그러고 보니 어디로 갔을까요?"

"뭐, 됐어. 아무튼, 퇴로다. 우리의 철벽 포진이 깨지지는 않겠지만, 동상을 파괴할 수 있을 만큼 솜씨 좋은 술사가 있어. 약간 불안한 느낌이 든다. 손을 써두는 편이 낫겠지."

"보물창고를 열라는 말씀입니까?"

"그래. 아무리 실력이 좋다고 해도 단시간에 온 도시의 B랭크 현상범을 쓰러뜨리지는 못해. 그 사이에 전황을 살핀다. 그리고…… 중요한 재산을 챙겨 A랭크 현상범을 호위로 데리고 이 자리를 떠날 준비를 해야 해."

"하지만 이쪽에는 A랭크가 네 명이나 있는데요?"

"그러니 말하지 않았나. 보험이야. 오히려 도시에 있는 B랭크만으로 해결할 가능성이 가장 커."

그때 망을 보러 갔던 A랭크 현상범 중── 첩자가 문을 열었다.

그리고 침통한 얼굴로 이렇게 보고했다.

"도시의 B랭크 현상범 부대가…… 괴멸했습니다! 이미 건달들은 저항을 포기하고 도망치고 있습니다! 이미 침입자는 저택 안으로 들어왔으며…… 퇴로 확보가 불가능합니다!"

그 보고를 듣고──.

"푸허억?!"

나의 코에서 콧물이 성대하게 튀어나왔다.

사이드: 모리스

"뭐야, 뭐야, 대체 뭐야! 저 괴물은?!"

나리…… 아니, 가렛의 흉상이 파괴된 순간 나의 본능이 강력히 경고를 울렸다.

혹시나 해서 침입한 도적과 B랭크 현상범들의 교전 상태를 바로 보러 갔으나, 결과적으로 이것이 행운을 불렀다.

남보다 빠르게── 파멸의 예감을 확신으로 바꿀 수 있었기 때문이다.

나는 도시 안의 사저로 돌아가 긴급회피용으로 꾸려둔 보석류가 담긴 배낭을 메고 도시의 출구로 향했다.

"B랭크 현상범 열 명이…… 몇 초도 버티지 못하고 모두 고깃덩어리가…… 되다니!"

떠올리기만 해도 온몸의 털이 곤두섰다.

류토=맥클레인이라는 마을사람…… 그건 이미—— 인간이 아니다.

설령 S랭크 모험가라고 해도 이럴 수는 없다.

"이길 수 있을 리가 없어! 그런 건…… 보기만 해도 재수가 없다고!"

그렇게 도시를 둘러싼 문을 지나 계속 달렸다.

어느새 침몰하는 배에서 도망치려는 쥐처럼…… 주위에는 공황에 빠진 건달들의 모습이 여기저기 보이기 시작했다.

"폭격이 시작된 지 15분도 지나지 않아 이런 상황인가……."

위기에 민감한 자부터 이미 이탈을 시작한 것이 분명했다.

그리고 모두 귀신이라는 표현조차 부족한 류토=맥클레인의 충격적인 검무를 보았을 것이다.

그 증거로—— 눈에는 핏발이 서고, 표정은 하나같이 공포로 굳어 있었다.

"그나저나 과연 몸 하나로 생계를 꾸려온 현상범, 건달들이로군."

머리는 텅텅 비었으나, 쓸데없이 체력만 강하다.

내가 가장 먼저 도망쳐 나왔을 텐데 뒤에서 온 자들이 차례차례 나를 제치며 앞으로 나아갔다.

숨을 헐떡이며 쯧쯧 혀를 찼다.

——몸이 무겁다.

이런 일이 벌어질 줄 알았다면 의사의 말을 듣고 평소의 불규칙한 생활을 고쳤어야 했는데.

아무튼.

"베니슨 상회는 사라진다. 아니, 눈엣가시가 사라지는 거야."

베니슨 상회가 무너지면 이 나라의 상업은 군웅할거의 상태가 된다.

가렛은 거대 상회를 모두 힘으로 짓밟았기 때문에 지금은 사실상 독점 상태다.

베니슨 상회의 이인자라는 걸 잘 살리면 내가 패권을 쥐는 것도 꿈이 아니다.

"아니── 오히려 다음은 나의 천하다!"

그때 나는 수상쩍은 기분에 고개를 갸웃했다.

앞다투어 도시에서 도망치기 위해 내 앞을 달려가던 무리가 멈춘 바람에 길이 막혀 있었기 때문이다.

어디선가 소녀의 낭랑한 목소리가 울려 퍼졌다.

"이곳에 있는 전원이 중범죄자라고 들었다! 죄상을 파악하여 후에 지시가 내려올 것이다! 지금부터 전원 구속하겠다! 투항하려는 자는 무기를 버리고 바닥에 꿇어라!"

그 말을 듣고 무슨 일인가 싶어 나는 인파를 뚫고 앞으로 나왔다.

그리고 소녀의 모습── 이 자리의 모두에게 똑같이 파멸을 선고한 싸우는 소녀의 모습을 발견했다.

"컥! 용사…… 코델리아 올스톤……?!"

"말해두겠지만, 도주는 불가능해. 여기 일대를 길드원들이 포위했거든. 위험한 녀석들은 내가 처리하겠다고 했더니 다들 헐값에 의뢰를 받아주더라."

용사가 계속해서 말을 이었다.

그 말 하나하나가 우리에게는 악몽 그 자체였다.

"포위망은 나 외에 왕실 근위인 A랭크 실력자가 여섯 명. B랭크 모험가를 리더로 한 베테랑 모험가들이 한 조에 열 명씩…… 7조가 버티고 있다!"

알베르 왕의 근위가 A랭크 여섯 명이라고?

저 힘없는 왕의 어디에 그런 전력이……?

게다가 그것만이 아니다. 일흔 명의 길드원…… 대규모 인원이 움직이고 있었다.

아니, 그것도 당연한가.

위험은 모두 용사와 A랭크 여섯 명이 맡는다.

덤으로 열 명씩 한 조를 이루어 잡어에 잡는다니 안전보장 역시 완벽하다.

그야말로 이것은 길가에 떨어진 돈을 줍는 것과 같다. 먹음직스러운 일에 똑똑한 모험가들이 몰리지 않을 리가 없다.

결과적으로 지금 이 자리에는 웬만한 기사단은 순식간에 괴멸될 정도의 전력이 모여 있다는 말이다.

나의 시야가 절망으로 물든 그때—— 진두를 지휘하는 용사가 백은검을 뽑았다.

"이 주위는 시야가 트인 초원이야! 이 포위망에 빈틈은 없어! 말해두겠는데 한 명의 현상범, 무법자도 놓칠 마음이 없으니까! 마지막으로 경고한다—— 투항한다면 무기를 버려!"

그러며 용사가 높이 쳐든 검을 내리치자 크게 바람을 가르는 소리가 획 울렸다.

"전군에 전한다──! 앞으로 무기를 버리지 않는 자는 투항의 의사가 없는 것으로 간주하고 모두 베어내라!"

소녀의 말에 따라 "알겠습니다!" 하며 땅이 울릴 듯한 큰소리가 주위에 울려 퍼졌다.

사이드: 가렛=베니슨

"서둘러, 서둘러, 서둘러!"

A랭크 현상범을 이끌고 나는 보물창고로 향했다.

안뜰에 설치된 창고의 크기는 마을에 흔한 이층집 정도의 크기로, 금색으로 빛나는 창고는 동방의 희귀금속── 히히로이카네로 만들어졌다.

아다만타이트보다 훨씬 높은 강도를 자랑하는 희귀금속이기에 이 보물창고 자체가 하나의 보물이라도 할 수 있었다.

물론 안에 담겨 있는 갖가지 재보도 하나하나가 서민은 평생 한 번도 보지 못할 것투성이였다.

"옮겨라! 주머니에 넣고 짊어질 수 있는 만큼 날라!"

가능한 재산을 옮겨 왕도로 멀리 도망쳐야 한다.

아무리 강력한 도적이라도 왕도의 공작가 저택 안까지는 손을 대지 못할 것이다.

이곳의 갖가지 재화는 놈들에게 약탈당하겠지만, 그래도 상회는 살아남는다.

　서민에게서 무한히 부를 착취하는 시스템은 살아 있다.

　그렇다면 나는 불멸이다. 뭐, 큰 타격은 입겠지만.

　"이동 가능한 재보를 담는 작업이 완료되었습니다."

　좋아. 고개를 끄덕이려는데 검은 머리의 소년이 나타났다.

　"안녕. 댁이 가렛인가? 그렇게 서두르다니── 무슨 안 좋은 일이라도 있어?"

　"네놈이…… 도적이냐?"

　지금도 여전히 하늘에서 폭격이 이어지고 있었다.

　이제 도시가 괴멸 상태인 것은 보지 않아도 뻔했다.

　근데, 그 원흉이 이렇게 성인도 되지 않은 소년이란 말인가?

　"……해치워라! 이쪽에는 A랭크 현상범이 네 명이나 있다!"

　A랭크 현상범 중 한 명, 학살귀 무라트가 한 손에 곤봉을 들고 침입자에게 달려들었다.

　"아악!"

　그리고 소년이 힘없이 휘두른 주먹에 무라트가 저 멀리 나가떨어졌다.

　나는 멍하니 보고만 있었다.

　무슨 일이 일어났는지 도저히 이해가 되지 않아 그저 얼빠진 소리만 냈다.

"⋯⋯⋯⋯어?"

그 자리에 있던 사람들이 모두 경악하는 가운데, 소년이 나를 노려보았다.

살기를 동반한 압도적인 강자의 오라를 앞에 두고 나의 몸이 바들바들 떨렸다.

"앗⋯⋯ 윽⋯⋯ 어떻게⋯⋯ 이런⋯⋯ 일이⋯⋯."

남자가 서서히 이쪽으로 다가왔다.

한 세대 만에 거대 상회를 만들어내고 이 세상의 영화를 누리며 이제는⋯⋯ 나의 인생에 장애물 따위는 없다고 생각했다.

그런데 지금은 공포만이 가득했다.

몸을 떨며 흘러넘칠 듯한 눈물과 소리를 치고 싶은 마음을 필사적으로 참으며── 그저 그 자리에 주저앉는 것밖에 못 하는 사태에 몰리고 말았다.

남자가 멈추어 서서 주먹을 쥐며 물었다.

"마리크라는 이름을 알고 있나?"

"몰라! 나는 그런 녀석 몰라!"

남자가 부르르 떨리는 주먹을 더욱 꽉 쥐었다.

자세히 보니 손톱이 피부를 파고 들어가 한 줄이 피가 바닥으로 떨어지고 있었다.

"마을사람 소년이다. 네놈이 이름도 모른 채 꺾어버린 목숨의 이름이야. 적성도 없는데⋯⋯ 부모님의 병을 치료하기 위한 돈을 벌기 위해 모험가 일을 하고 있었지. 네놈에게는 흔해 빠진 길가의 돌멩이였을지도 몰라. 하지만 그 녀석의 가족에게는 무엇과도 바꿀 수 없는 소중한 존재였다."

잠시 무언가를 생각하던 남자가 검을 뽑았다.

"나는 매우 자비로워. 5초 주마. 신에게 기도하든, 아니면 염불이라도 외워."

5, 4, 3, 2, 1. 남자가 숫자를 세고는──.

"그 소년은── 이런 나를 잘 따랐지. 나는 네놈을…… 절대 용서하지 않아."

"나리!"

남은 A랭크 현상범 세 사람이 나를 지키듯이 남자와 나 사이에 섰다.

"오오, 질풍의 빅토르!"

학살귀 무라트가 일격에 당해 완전히 저자의 분위기에 휘말렸으나…….

아직 이쪽에는 A랭크가 세 사람이나 있다. 아직 어떻게든 살아남을 가능성이 있다는 말이다.

"이 자…… 평범한 자가 아닙니다."

"그런 건 보면 알아! 그래서 어떻다는 건가?! 쓰러뜨릴 수 있겠나?!"

"일대일로는 같은 일이 반복될 뿐입니다. 그러나 다 같이 공격하면……."

"하지만 무라트가 한 방에 당하지 않았나?!"

그러자 빅토르가 무라트가 날아간 방향을 가리켰다.

코뼈가 분쇄된 무라트가 코피를 흘리며 비틀거리면서도 전선에 복귀하기 위해 이쪽으로 다가오고 있었다.

"오오! 살아 있었는가, 무라트!"

"반대로 일격에 끝장을 내지 못했다고 말할 수 있습니다."

"그 말은……? 그 정도로 전력 차이가 절망적이지 않다고?"

"그렇습니다. 그러므로 넷이서 죽을 각오로 싸우면 승산이 있습니다. 승리할 가능성은—— 아마 절반쯤."

이 얼마나 의지가 되는 자들인가.

절망의 끝에 떠밀렸지만, 이제야 희망이 보이기 시작했다.

"오오, 나를 위해 목숨을 걸고…… 죽을 각오로 사태를 수습해 주려는 것이로군?"

나의 말에 빅토르가 단호하게 대답했다.

"나리를 위해서가 아닙니다."

"……뭐?"

"녀석은 이 자리에 있는 자 모두를 죽일 생각입니다. 각자 도망쳐봐야 죽을 뿐이죠. 그렇다면——."

그렇군…… 오히려 나는 안도했다.

나는 충의나 신뢰 같은 말을 믿지 않는다. 모든 자는 자신의 이익을 위해 움직이고, 자신의 이익을 위해 남과 손을 잡는다.

그리고 강력한 상호이익이야말로 강한 유대감을 준다.

그런 의미에서 자신의 목숨을 지키기 위해 적을 없애겠다는 목적이라면, 이 자들은 그야말로 목숨을 걸고 임할 터였다.

"그럼…… 간다!"

빅토르의 말과 동시에 세 사람이 한꺼번에 침입자를 에워쌌다.

그리고 동시에 각각 무기를 휘둘렀다.

키잉————!

"역시나…… 맨몸으로 A랭크 세 명을 상대하는 건 벅찬데."

금속의 충돌음이 울려 퍼지고, 이어서 칼날이 휘둘러지는 소리가 들렸다.

챙챙챙!

각자의 검이 서로 교차하며 붉은 불꽃이 몇 번이나 튀었다.

"후후…… 세 명이라고?"

빅토르가 승리를 확신한 미소를 지었고——.

"——우리는 네 명이라고, 이 멍청아!"

무라트가 곤봉을 한 손에 들고 침입자를 향해 달려들었다.

"알겠어. 그럼 나도 조금 진지해질까."

속도를 높이자 다시 울려 퍼지는 금속 충돌음.

강검(剛劍)이 휘둘리며 날카롭게 바람을 가르는 소리와 함께 공기가 떨렸다.

검이 그리는 무수한 빛줄기가 눈에 보이지 않을 속도로 어지럽게 흩어졌다.

네 사람의 합동 공격은 완벽하다 할만했다.

그러나 침입자 소년은 그저 혼자서 그 모든 공격을 피하고 있었다.

"우리 네 명을 상대로 한 걸음도 물러서지 않는다고……?! 정체가 뭐냐!"

완전히 팽팽하게 맞서고 있다.

오히려 침입자 쪽이—— 좀 더 무예가 강한 모양이다.

"크악?!"

이미 약해져 있던 무라트가 남자의 검에 당하여 오른손 절단을 시작으로 단숨에 상황이 달라졌다.

"아악!"

결정적으로 빅토르가 배를 찔리며 전투 불능에 빠지며 또 한 사람…… 점차 쓰러져갔다.

그렇게 마지막 한 사람이 그 자리에 쓰러졌다.

보아하니 실력이 엇비슷한 것은 틀림없다.

"인색하게 굴지 말고 네 명만 더…… 아니, 앞으로 두 명만 고용했으면……."

그랬다면 이 결과는 달라졌을 것이다.

이를 갈고 있는데, 침입자 소년이 나의 말에 웃으며 대답했다.

"무슨, 이런 거 열 명이 더 있어도 소용없어."

"……뭐? 너희들의 실력은 거의 호각으로 보였다만?"

"뭘 모르는군."

그러며 침입자가 자신의 발을 가리켰다.

"내가 이 자리에서 한 발짝도 안 움직인 걸 모르겠어? 오히려 검을 든 오른손 하나밖에 쓰지 않았는데."

나는 잠시 남자의 말뜻을 생각하고, 그리고——.

"히익!"

폐에서 공기가 새어 나왔다.

공포에 짓눌려 입에서 흘러나온 것은 마치 모기가 앵앵대는 듯한 소리였다.

"너…… 너는…… 대체……? 어째서 마을 자체를 무너뜨리려고……? 소년의 원한을 갚으려는 것 아닌가? 그저 복수를 원한다면 나의 목숨을 노리는 것만으로 충분했을 터! 무슨 생각을 하고 있는 거냐……!"

그러자 '아아' 하고 침입자가 손을 짝 마주쳤다.

"네 딸 때문이야."

"빅토리아……??"

"난 경고했어. 다음에 나를 건드리면 베니슨 가문 째 다 쓸어버리겠다고. 그런데 친히 경고를 무시하시더라고. 이러면—— 내 말을 지키지 않는 게 도리어 실례잖아?"

그리고 보니 얼마 전에 빅토리아가 숙청하라고 말했던 게…… 마을사람 소년이었던가?

아마 용사 코델리아와 친하다던.

보고서에는 그 용사가 지난 오거 사건 때 전설 속에나 나오는 마물인 귀신이 나타났고, 그걸 마을사람 소년이 쓰러뜨렸다는 헛소리를 했다고 기록되어 있었다.

그때는 나도 실소하였으나——.

——정말 헛소리였을까?

눈앞의 소년…… 이 남자가 혹시……!

나는 그제야 깨달았다.

자신이 누구를 상대로 하고 있는지, 어떠한 존재에 손을 대고 말았는지.

그런 줄도 모르고 나는 파멸의 신에게 분노라는 이름의 최고의 공물을 바치고 말았다.

"힉…… 힉…… 히이익——!"

나는 다리에 힘이 풀려 그 자리에 주저앉았다.

공포에 바지가 젖는 게 느껴졌다.

"다, 다…… 다가오지 마, 이 괴물!"

"짐승만도 못한 너 따위에게 괴물이라는 말은 듣고 싶지 않은데."

"도, 도, 돈이라면 얼마든지 주마! 여자도! 지위도! 명예도! 내가 할 수 있는 일이라면 무엇이든 하겠어!"

"공교롭게도—— 그 모든 것에 관심이 없네."

"하, 하, 하지 마! 다가오지 마!"

몸에 힘이 풀려 일어나지 못하던 나는 엉덩방아를 찧은 채 뒤로 물러났다.

뒤로 50cm쯤 물러나자, 남자가 한 걸음 발을 다가와 거리를 좁혔다.

다시 뒤로 50cm쯤 물러나자 남자가 한 걸음 발을 다가와 거리를 좁혔다.

또다시 뒤로 50cm쯤 물러나자 남자가 한 걸음 발을 다가와 거리를 좁혔다.

그리고 재차 뒤로 50cm쯤 물러나자 남자가 한 걸음 발을 다가와 거리를 좁혔다.

뒤로 물러나면 악마가 다가왔다.

──미소를 지으며 악마가 거리를 좁혀 왔다.

발광할 듯한 심정에 나는 눈물을 흘리며 애원했다.

"요, 요⋯⋯ 용서⋯⋯해줘⋯⋯."

"아까부터 도망치고, 용서를 구하고, 애원하고⋯⋯ 하아, 너 말이지⋯⋯."

"네, 네, 네⋯⋯ 넵! 말씀하십시오!"

"설마 아직도 살아남을 길이 있다고 생각하는 거냐?"

나는 얼굴을 걷어차여 뒤로 나가떨어졌다.

"으악!"

코피가 줄줄 흘러 나의 입속까지 지독한 비린내로 가득해졌다.

아픔을 느낀 것이 얼마 만인가.

그렇다. 오래도록 잊고 있던 고통의 맛이었다.

동시에 누구나 본능적으로 두려워하는── 죽음이라는 이름의 압도적인 공포가 나의 머릿속에서 폭발했다.

"그, 그, 그만둬! 하지 마십시오! 용서, 용서해줘! 죽이지 말아 줘! 부탁입니다, 무엇이든, 무엇이든 하겠습니다! 살려줘! 용서 해줘! 제발!"

그때 여자의 새된 목소리가 주위에 울려 퍼졌다.

"류토, 도망친 사람들을 전부 붙잡았어. 아, 이쪽도 끝난 모양 이네? 그런데 그렇게까지 할 필요가 있어?"

용사 코델리아……?

갑자기 나타난 용사를 향해 침입자가 고개를 끄덕였다.

"이건 그 녀석에게 줄 선물이야. 여기서 빚을 만들어두면 앞으 로 나의 고민거리가 줄어들 거라 판단했거든."

이 말에 나는 머리를 최대한 굴렸다.

그녀는 방금…… "그렇게까지 할 필요가 있어?"라고 말했다.

그렇다면…… 혹시 이분이라면 아직 설득할 여지가 있지 않을까.

"코델리아 님! 어떤 벌이라도 받겠습니다! 이 자리에서 처단만 은…… 처단만은 하지 말아주십시오!"

코델리아가 이쪽을 힐끗 보더니, 류토라 불린 소년에게 말을 걸었다.

"이 사람을 처단해서 본보기를 보여주긴 해야 할 텐데……."

틀렸다…… 이젠 정말…… 끝……났다!

이것으로 나는…… 끝났다! 파멸이다! 망했다!

"그런데 넌 뭐 하는 거야?"

"응? 지금은 릴리스와 정신 채널을 열고 있어. 저건 히히이로

카네로 만든 거니까…… 스킬 없이는 조금 힘들거든."

이어서 침입자의 눈 색깔이 변하고, 몸에는 새까만 오라가 휘감기기 시작했다.

"또…… 검은 눈?"

"날개는 안 나오지만. 릴리스와 직접 접촉한 것이 아니니까 전력의 한 3할 정도?"

침입자는 '어디 보자~' 하더니 나를 보물창고의 입구 앞에 서도록 했다.

"……무, 무, 무, 무, 무슨 짓을…… 하려는 겁니까?"

"이대로 놔두면 여기 있는 재물을 전부 국가가 압수할 거 아냐. 누가 먹을 줄 어떻게 알아. 마침 뒤에 있는 연못이 왕의 조상…… 태조 시절부터 왕가의 소유라고 하니까."

이 녀석이 대체 무슨 말을 하는 거지.

의도는 모르겠지만, 아무튼 나는 고개를 마구 끄덕였다.

"요는, 연못에서 태조의 재보가 발견되었다는 시나리오인 거지. 왕은 군자금을 얻어서 좋고. 재보가 산산조각이 나겠지만 뭐, 귀금속이나 작은 보석으로 나누어 팔면 되겠지. 가치는 떨어져도 정적의 손에 넘겨주는 것보단 나을 테니까."

부왕 하는 소리와 함께 침입자에게 휘감겨 있던 새까만 오라가 더욱 커졌다.

"한꺼번에 연못까지 날려주마. 사랑하는 보물과 함께 고깃덩어리가 되는 거야. 너도 그게 좋지?"

침입자는 허리를 크게 낮추고, 허리께에서 주먹을 쥐었다.

그리고 그 주먹에 거대한 오라가 휘감기며──.

"성대하게 날려주마!"

그것이 나── 가렛=베니슨이 약 50년의 생애 마지막에 들은
말이었다.

사이드: 류토=맥클레인

"안녕, 빅토리아."

아르테나 마법학교의 아침 수업 전, 나는 특등생 클래스로 가
빅토리아를 복도로 불러냈다.

"어, 어떻게…… 살아……?!"

나는 마굴에 관한 사무적인 일은 길드장 아저씨에게 맡기고 먼
저 돌아왔다.

만약을 위해 코델리아와 릴리스를 남기고 왔으므로 아직 그들
에게 숨겨진 비책이 있더라도 문제없이 대처할 수 있을 것이다.

"어? 아무래도 파발꾼이 온 모양인데?"

"파발꾼……?"

"십중팔구 너에게 온 편지일 거야."

파발꾼이 학교 사무실로 곧장 향하고 나서, 나의 말대로 금세
빅토리아가 호출을 받았다.

"무슨 일이······?"

"가면 알아."

잠시 사무실 밖에서 기다리자 빅토리아가 체념한 표정으로 사무실에서 나왔다.

"왜 그래? 안색이 좋지 않은데?"

"당신······인가요?"

"내가 경고했잖아? 맞춰볼까? 마약 적발로 상회의 활동이 전면 중지인가?"

"······네, 바로 그런 내용이에요. 무슨 일이 일어났는지 모르겠지만, 앞으로 집안에 의지하긴 어려울 것 같군요."

"그렇겠지."

"하지만 이것으로 이겼다고 생각하지 마세요! 이미 저는 방식을 바꿀 준비를 마쳤거든요."

"오? 그래서?"

"저는—— 특등생 클래스에서도 우수하기로 유명하다고요! 궁정 마법사나 혹은 모험가 길드에서 남보다 더 간단하게 출세할 수 있단 말입니다!"

"이런, 아직 무슨 상황인지 이해를 못 했군."

나는 고개를 가로저었다.

"가렛은 자산 대부분을 자기 보물창고에 보관하고 있었어. 남을 믿지 못했지. 그런데 그 보물창고가 사라진 탓에 상회의 외상 매입금── 각종 거래가 펑크가 났거든."

"외상 매입금……?"

"간이결제를 위해 단기로 이루어지는 신용거래. 계속 거래가 있는 경우, 번거로우니까 거래마다 돈을 내진 않거든. 즉, 한 달간 작업 대금이나 상품의 거래대금 같은 건 월말에 한꺼번에 정산하는 게 보통이란 거지. 그리고 정산한 값을 다음 달 말이든, 다음 달 10일이든 각자 날짜를 정해 낸다 이거야."

"그래서……?"

"모르겠냐? 베니슨 상회는 이미 돈을 갚을 능력이 없는 채무초과 상태라는 거다. 한마디로── 파산이야."

"──뭐라고?!"

"아, 그러고 보니 너희 집은 빚더미에 올랐을 때의 규칙이 있었지?"

처음으로 빅토리아의 표정에 명확한 두려움이 드러났다.

"설마…… 설마…… 설……마…… ."

그녀가 덜덜 떨며 눈에서 눈물을 흘렸다.

"채무초과의 빚더미에 올라 변제 불능 상태에 빠진 경우, 계약하고 있는 노예상에게 바로 인간이 현금으로 전환된다며? 남자는 투기장에서 마물과 싸우는 구경거리 시합이며 인체실험에 끌려가고 여자는 무엇이든 가능한 유곽……이었던가?"

빅토리아의 눈에 핏발이 서고, 온 얼굴의 구멍이란 구멍에서 체액이 흘러나오기 시작했다.

"……컥……우욱…… ."

앞으로 일어날 자신의 운명을 확신했는지, 빅토리아가 그 자리에서 몸을 웅크렸다.

그리고 너무나 큰 충격을 받은 듯 안색이 창백해지는 것을 넘어서 흙빛으로 물들더니 바닥에 토하기 시작했다.

"……큭…… 켁…… 커헙…… 으…… 으으…… 우웨에에에에에엑! 우웨에에에에우웩웩웩웩웨에에에에우우우우에에엑!"

"이봐, 멘탈이 너무 약한 거 아냐? 네가 파멸시킨 사람들…… 목숨까지 빼앗은 사람도 많을 텐데?"

머리에서 핏기가 가시며 쓰러지려는 빅토리아의 머리를 잡아 토사물이 퍼진 바닥에 다이빙하는 것을 막았다.

"저기 봐, 널 데리러 온 모양인데?"

빅토리아를 일으켜 세우고 창문이 보이는 정문을 가리켰다.

온통 검은색 옷에 무장한 남자 두 사람과 요염한 분위기를 내는—— 한쪽 발이 없는 여자.

"저건…… 메이드였던…… 마리아……?"

"너, 마음에 들지 않는 메이드가 일부러 실수하게 만들어서 빚을 지웠다며?"

"어떻게 그걸……?"

"그 메이드를 부른 게 나거든. 특별 게스트다."

"어떻게…… 된……일……?"

"성노예로 전락했으면서도 그녀는 포기하지 않았어. 자력으로 신분을 되찾고, 뒷골목에서 번창하던 유곽을 통째로 사들였지. 너도 알고 있지? 이제 너의 상사가 될 사람이다. 아니, 성노예가 된 널 사들인 곳이라고 해야 하나……?"

세 사람이 이쪽으로 곧장 걸어왔다.

우리 눈앞에 멈추자마자 검은 옷을 입은 두 사람이 노예매매계약서를 마리아에게 내밀었다.

사인을 하고, 마리아는 금화가 담긴 주머니를 두 사람에게 건넸다.

"오랜만이군요, 아가씨…… 잘 계셨나요? 덕분에 저는 지옥을 만끽하고 왔답니다."

빅토리아가 애원하는 말투로 울먹이며 말했다.

"그, 그, 그건…… 그때 그 일은 어린애 장난으로…… 용서……
해줘…… 벌주지…… 말아……줘……."

"어린애 장난이니 나쁜 뜻은 없었다고?"

"그래…… 그런 거야."

그 말에 마리아는 빅토리아의 뺨을 힘껏 때렸다.

"악의가 없는 장난에—— 인생을 망친 여자가 여기 있는데!"

"히익……."

강렬한 뺨 때리기다.

마치 주먹으로 때린 것 같은 일격이었다.

얻어맞은 빅토리아가 토사물로 얼룩진 바닥에 쓰러졌다.

"끄, 끄……끝이에요…… 모두…… 끝났……다……고요."

오물에 뒤덮인 빅토리아가 공허한 눈으로 중얼거렸다.

"하지만 말이지, 나는 그래도 잠시나마 같은 학교에 다닌 너를 그냥 버리기도 뭐해서 마지막으로 한 번만 도와줄까 해. 너도 아직 살아날 길이 있어."

"도움? 당신이? 저를……? 대체…… 어떻게?"

그때 무슨 생각을 했는지 빅토리아의 눈에 희망의 빛이 들어왔다.

"그, 그래, 그래요! 당신은 용사와 아는 사이였죠……! 용사라면 돈도 많이 갖고 있지 않나요?!"

"뭐, 코넬리아라면 갖고 있을지도."

"빌려, 빌려주세요! 다음 달의 지불금만 넘기면…… 지금 빚 때문에 제가 팔려갈 일은 없겠지요?!"

"유감이지만 그건 안 돼. 빌려줄 수 없어."

"아앗…… 제발!"

"아니, 안 돼."

"하지만…… 도와준다고…… 살아날 길이 있다고……."

"내가 해주려는 건 충고야. 살아날 길은 정말 있어."

그러며 나는 환하게 웃으며 바닥에 쓰러진 빅토리아의 어깨를 톡 두드렸다.

"——마리아처럼 계획적으로 행동하면 언젠가 자신을 되살 수 있겠지."

"싫어요…… 싫어요! 성노예라니! 제가 성노예가 되다니……!"

"그럼 잘 가라."

그 말만 하고 나는 뒤를 향해 손을 흔들며 학교로 돌아갔다.

"그것만은 제발! 제발 도와주세요!"

울면서 외치는 빅토리아의 목소리에 대답을 돌려주는 사람은 없었다.

인과응보라는 말이 이만큼 어울리는 상황도 없겠지.

애초에 저런 사이코패스를 그냥 놔두면 세상이 위험하다.

빅토리아는 검은 옷차림의 남자 둘에게 끌려 아르테나 마법학교를 뒤로했다.

나는 그대로 슬럼가를 향해 걸음을 옮겼다.

상회의 높은 사람을 두세 번 찔러 알아낸…… 마리크의 집이었다.

그의 아버지가 병으로 드러누워, 엘릭서가 없으면 방도가 없다는 말은 사실이었던 모양이다.

나는 그의 집으로 가면서 슬럼가를 둘러보았다.

치안도 위생도 나빠 보이는 골목에 토끼 우리 같은 집이 늘어서 있었다.

길을 좀 더 나아가자 마리크와 매우 닮은 5살 남짓 난 아이가 눈에 들어왔다.

마리크는 5형제 중 장남이라고 했었다.

"거기, 꼬마야?"

"응?"

"너희 아버지에게…… 이걸 전해줘."

나는 엘릭서가 든 작은 병과 금화 다섯 개가 든 주머니를 건넸다.

"이게 뭐야?"

"나는 너희 형…… 마리크와 아는 사이야. 마리크가 열심히 일해서 돈을 모았거든. 위험한 일을 나가는 마리크를 대신해서 내가…… 가족을 위해 모은 돈을 맡아두고 있었어."

엘릭서는 내가 부의금 대신 주는 거지만 금화는 나와 마리크 일동이 같이 의뢰를 완수한 대가이다. A랭크나 S랭크 마물의 소재를 판 값도 들어있지만…… 뭐, 굳이 인색하게 굴 거 없겠지.

"…………?"

의아해하는 소년의 머리를 거칠게 쓰다듬으며 나는 조금 슬픈 기분이 들었으나, 그래도 나는 힘차게── 싱긋 웃었다.

"그럼 안녕."

★

그날 오후.

개척지에서는 고향 마을에서 사람들의 이주를 위한 주거지 건축공사가 매우 급하게 진행되고 있었다.

공사 규모가 규모였으므로 직공 길드의 높은 사람을 불러 현장 회의를 하던 도중, 누군가 말을 타고 나를 찾아왔다.

"금방 만났군, 마을사람."

여전히 잘난 태도였다.

말투가 거만하다고나 할까…… 뭐, 왕다운 행동이라고 하면 그런 걸지도 모른다만.

그런데, 그런 그가 갑자기 조심스레 입을 열었다.

"미안하지만 조용히 이야기하고 싶군."

그러자 마치 명령이라도 받은 듯 직공 길드의 높은 사람이 저 멀리 달려가버렸다.

이러니저러니 해도 역시 왕은 왕이었다.

그는 말에서 내려 바닥에 척 발을 디뎠다.

"알베르다."

"……응?"

"알베르 왕이라 불러라. 왕인 나에게도 이름은 있어."

그 말을 듣고 나는 어이가 없어 피식 웃었다.

"류토다. 마을사람이 아니라 류토라고 불러. 마을사람인 나에게도 이름 정도는 있어."

"하하하하."

나의 말에 무엇이 재미있는지 알베르 왕이 활짝 웃는 얼굴로 배를 잡고 웃음을 터뜨렸다.

"하하하—— 음. 네 말이 옳다. 이거 실례했군."

"그런데 무슨 용건이지?"

알베르 왕은 진지한 표정을 지었다.

"전에도 말했지만, 나는 두 번은 안 한다."

"응? 뭐를?"

알베르 왕이 그 자리에 무릎을 꿇고 천천히 나에게 고개를 숙였다.

"내 밑으로 들어와다오. 내가 걷는 패도에는 네가 필요하다, 류토=맥클레인."

나는 경악했다.

왕이라는 자가 고개를 숙이는 것도 충격이지만, 그보다 알베르 왕은…… 누구에게 고개를 숙일 수 있는 성격이 아니다.

아니, 그만큼 내가 필요하다는 말인가.

마음 같아서는 도와주고 싶다만…….

"미안해. 나는 성가신 소꿉친구를 돌보는 것만으로도 벅차서."

"코넬리아=올스톤인가."

"그렇게 되었으니, 미안하지만 고개를 들어줘."

그러자 알베르 왕이 일어나 나를 보며 이렇게 말했다.

"나는 두 번 숙이진 않을 거다."

"처음 만났을 때도 두 번째 권유는 없는 것처럼 말하지 않았던가?"

그 말에 알베르 왕의 얼굴이 새빨개졌다.

"처, 첫 번째는 나를 섬길 의사가 있는지 확인한 거다! 전혀 다르지 않나!"

그러고 보니 처음엔 "섬기겠는가?" 하고 거만하게 나왔었지.

이번에는 고개를 숙였다 이거냐…….

얼굴을 새빨갛게 물들이고 부정하는 게 조금 귀여워 보이는데.

알베르 왕이 샐쭉하게 볼을 부풀리며 고개를 돌렸다.

"아무튼…… 세 번째는 없다!"

"용건은 그것뿐이야?"

"아니, 상을 내려야지."

"상?"

"나는 남에게 빚을 지는 것이 싫다. 이번에도 도와준 게 있으니 상을 내려야…… 이치에 맞는 것 아니겠나. 아무리 왕의 바람을 헛되이 저버리는 네가 상대라도 말이다."

"어? 뭘가 주려고? 뭐, 준다면 받겠지만."

"그렇다. 상을 주지 않으면 이치에 맞지 않으니까── 아무리 왕의 바람을 저버린 무례한 네가 상대라도!"

마치 '중요한 내용이므로 두 번 말했습니다'를 표현한 듯한 얼굴인데.

아무래도 마음속에 꽁하니 품고 있는 모양이다.

어린애냐……. 성가신 구석이 있네.

"그래서 뭘 주겠다는 거야?"

알베르 왕은 주머니에서 양피지를 꺼내 나에게 건넸다.

"자치령의 허가장이다. 네가 마을을 짓고 있는 이 광야를── 통째로 너에게 주마."

"어…… 잘 모르겠는데, 내가 이 마을 촌장이란 말인가?"

"자치령이란, 왕령 내에서 자치권을 행사할 수 있는 영토를 말한다."

"단어 그대로의 뜻이군."

"잘 모르겠나? 자치령이란 이미 하나의 국가라고도 할 수 있는 것이다."

"알 듯 모를 듯……."

"요는 네가 왕과 동격이 된다는 뜻이다. 서열은 있겠지만. 얼마나 대단한지 설명이 더 필요한가?"

"아니, 알기 쉬운 비교였어."

"물론, 땅끝에 있는 황야의 자치권이니 사실상 아직은 촌장과 다를 바 없겠지. 그러나 너는 나의 나라에서 독립적인 입장이면서 동시에 상호 협력관계라고 할 수 있다. 말하자면 속국과 동맹국의 중간 같은 거다."

"협력관계라……."

"그래, 바로 그런 것이다. 다시 말하겠지만—— 나의 패도에는 네가 필요하다, 류토."

약삭빠르군.

한마디로 어떻게든 나를 전력으로 삼겠다는 말이잖아. 아니, 무슨 일이 있어도 나를 자기편에 두고 싶은 모양이군.

"좋아, 알겠어. 정말 곤란할 때는 협력하지. 다만——."

나는 손가락을 두 개 세우고 알베르 왕에게 말했다.

"——2년이다. 코델리아가 마법학교를 졸업하기까지 2년 안에 이 나라를 강국이라 부를 만큼 크게 만들어. 최소 퍼실리아 왕국 정도로…… 그게 조건이야."

사실은 알베르 왕과 만나고 나서 계속 생각했지만…….

애초에 내 목적은 코델리아에게 찾아올 미래의 위기를 배제하는 것이다.

코델리아는 앞으로 각국의 용사쟁탈전이 벌어진 뒤, 국가 간의 파워 밸런스에 따라 어디로 갈지가 결정되겠지.

그렇다면——.

그냥 처음부터 알베르 왕에게 코델리아를 맡기면 되지 않을까?

그렇게 되면 이후 여러모로 편할 테고.

그 녀석은 앞으로도 세계의 판도를 되찾기 위해 대원정에 나가거나 대재앙의 처리를 해야 하는데 거기에 환생자까지 엮이면 도저히 손이 다 닿질 않는다.

그런 마당에 만약 코델리아가 다른 나라에 끌려가고 내가 '마을 사람'이란 이유로 거부당하기까지 하면 답이 없다.

솔직히 늦기 전에 가능한 내 편을 만들고 싶은 게 내 속내였다.

"퍼실리아 왕국인가……. 말이야 쉽지, 영토와 군사력은 10배에 이르고 재정은 30배는 된다만?"

"안 돼?"

나의 물음에 알베르 왕이 짧게 웃었다.

"1년만 있으면 충분하다."

"허세는 먼저 내부 다툼을 가라앉힌 다음에 해."

"훗, 말은 잘하는군."

알베르 왕이 나에게 오른쪽 주먹을 내밀었다.

나도 역시 오른쪽 주먹을 내밀어 주먹끼리 살짝 콩 부딪쳤다.

곧 몸을 돌린 알베르 왕은 그대로 손을 흔들며 성채로 돌아갔다.

혼자 남은 나는 생각에 잠겼다.

"……아무래도 이쪽에서 먼저 만나러 가야겠군."

에필로그

해 질 녘의 아르테나 마법학교.

수업이 끝나기 전에 빠져나온 나는 특등생 클래스의 건물 앞에 있는 벤치에 앉아 있었다.

수업 종료를 알리는 종소리와 함께 건물에서 학생들이 쏟아져 나왔다.

학생들이 나의 앞을 줄줄이 지나가는 가운데, 나는 한 남자에게 말을 걸었다.

"모제스."

"어라, 이거 웬일입니까. 류토 군이잖아요. 오랜만이군요."

"네놈의 목적은 뭐지?"

"목적? 저는 현자로서 이 학교에서 이것저것 연구하고 있을 뿐입니다. 장래에는 궁정마법사나 연구직이 되는 게 아닐까요?"

"……능구렁이 같기는. 어설픈 연기는 관두시지."

모제스가 의아한 얼굴로 안경을 집게손가락으로 밀어 올렸다.

"지금까지는 암암리에 서로 건들지 않았다만, 이번에는 도를 넘었어. 베니슨 상회에 '진화의 기술'을 제공한 게 너지?"

"이런 곳에서 그 이야기를 꺼내는 겁니까? 뭐, 상관없나……
저번 '귀신'과 마찬가지로 실험의 일환입니다. 시작부터 암살까지
모두 제 부하가 처리했으니 베니슨 상회는 S랭크 마물이 나온 것
조차 모르지 않을까요?"

"……목적이 뭔데?"

"안심하십시오. 세계의 질서를 지키는 일이니까요."

"세계의 질서라."

"무얼, 우리도 섣불리 당신을 건들 생각은 없습니다. 신을 여럿
먹어치운 지금은 환생자조차 능가할 테니."

"나도 뭔지 모를 스킬을 잔뜩 가진 네놈들과는 쓸데없이 다투
고 싶지 않아. 그래서 너도 지금까지 그냥 놔둔 거고."

그 말에 모제스가 손뼉을 짝 쳤다.

"그럼 아무 문제 없군요. 앞으로도 상호불가침을 유지하도록
하죠. 여러모로 수상한 움직임으로 보일지도 모릅니다만, 저는
당신이며 코델리아 양에게 위해를 가할 마음은 없다고요…… 그
점은 소꿉친구로서 믿어주시기를."

모제스는 그대로 기숙사를 향해 걷기 시작했다.

나는 일어나 모제스의 등 뒤에서 오른쪽 어깨를 톡 두드렸다.

"미안한데, 사실 난 알고 있거든."

"안다니? 무엇을?"

모제스가 돌아보는 순간——.

——나의 오른쪽 주먹이 모제스의 얼굴에 박혔다.

"네놈이 구제불능의 나쁜 놈이라는 걸!"

모제스는 그대로 몇 미터를 날아가, 앞구르기를 하듯이 바닥에 데굴데굴 굴렀다.

"스킬: 사망 귀환이다. 이미 나는 네놈한테 한 번 당했거든."

안경 렌즈가 깨진 모제스가 교복에 묻은 흙먼지를 팡팡 털면서 일어섰다.

"그렇군요. 그랬던 거였군요. 과연, 마을사람 주제에 그렇게 강한 이유…… 의아했습니다만, 그런 것이었습니까. 저의 본성도 알고 있겠군요?"

"너를 살려두면 코델리아는 반드시 불행해진다."

"불행? 그거 유감이군요. 아름다운 전투 소녀—— 코델리아 양을 행복하게 해줄 수 있는 사람은 저뿐인데요."

그러며 모제스는 추악하게 웃었다.

후기

작가 시라이시입니다.

후기 페이지를 많이 쓰라고 해서…… 이번에는 조금 길게 하겠습니다.

먼저 시리즈가 누계 30만 부를 돌파했습니다.

지금 후기를 쓰는 시점의 기록이고, 5권 발매는 2018년 12월이므로 그때는 어느 정도일지 정확히는 모릅니다만…… 아무튼 30만 부를 넘는 것은 확실합니다.

정말 감사합니다.

전에도 말했는지 모르겠습니다만, 한때는 4~5권쯤에서 마무리를 짓자는 이야기도 있었습니다.

일단 5권의 후기를 쓰고 있는 지금까지는 말이 없네요.

저로서는 아직 류토의 이야기를 쓰고 싶기에 감사한 이야기입니다만.

특히 만화책에 큰 도움을 받고 있습니다. 정말 감사할 따름입니다.

어디까지 이어질지는 미지수입니다만…….

혹 이 작품이 맘에 들어 친구나 SNS에 추천해주신다면 정말 기쁠 것 같습니다.

5권의 판매량에 따라 7권 언저리에서 마무리될 수도 있으므로……. 아니면 8~10권 사이에 끝난다거나. 아니, 정말 상상과

추측일 뿐, 어떻게 될지는 모릅니다.

물론, 저는 아직 괜찮겠지 생각하고 있습니다. 그냥 멋대로 믿고 있을 뿐이지만요.

2권의 벽, 3권의 벽, 5권의 벽…… 벽이 좀 많은 것 같군요(쓴웃음).

사실 권마다 벽이 있다고나 할까, 늘 조마조마하여 심장이 아플 지경입니다.

판매량 데이터를 볼 때마다 속이 울렁이는 작가는 저 혼자만이 아니겠지요.

저도 다른 작가분들이 작품 후기에 속간이 나올지 어떨지를 써두신 걸 본 적이 있습니다만, 정말 가혹한 세계입니다. 선생님들의 마음이 잘 이해가 됩니다.

다만 이러니저러니 해도 큰 기준점으로 삼았던 5권의 벽을 넘을 수 있었습니다.

여러분 덕분에 본작은 행복한 작품이라고 생각합니다.

언제 끝날지는 모르겠습니다만, 마무리는 꼭 독자 여러분이 "모두 행복해져서 다행이야"라는 느낌을 받을 수 있도록 노력하겠습니다.

그런데 후기에서 결말 이야기를 하고 있어도 괜찮은 걸까요?

아무튼, 작품이 맘에 드신 분은 친구분이나 SNS를 통해 작품을 추천해주시면 감사하겠습니다. 잘 팔리면 10권이 아니라 20권, 30권까지 이어질 테니……(끈질김).

이어서 인사입니다.

일러스트를 담당하신 시라소 파미 님. 매번 아름다운 일러스트를 그려주셔서 감사합니다.

담당 편집자님. 여러모로 성가신 작가라고 생각합니다만 부디 외면하지 말아주십시오.

또한, GC노벨의 영업팀을 비롯하여 관계자 여러분. 정말 감사합니다.

만화판 그림 담당인 사바무 님. 정말 이것저것 힘드시겠지만, 저를 버리지 마시고 같이 열심히 합시다.

그리고 무엇보다도 이 책을 집어주신 독자 여러분, 감사합니다.

으음, 이래도 페이지가 약간 남는군요. 어떡할까요.

그럼 타사 작품을 선전하겠습니다!

사실 이래도 되는 건가 싶긴 한데, 이 문장이 책으로 나간다면 편집자님께서 허가해주신 거겠죠.

사실 이밖에도 다양한 라이트 노벨을 쓰고 있습니다만, 그중에 《이세계 귀환 용사가 현대최강!》이라는 GA노벨 작품이 있습니다.

《마을사람입니다만, 문제라도?》와 마찬가지로 주인공이 최강이라 적을 호쾌하게 날려버리는 이야기입니다.

혹시 먼치킨 계열 라이트 노벨을 찾고 계신다면 꼭 이 작품을 체크 부탁드립니다.

이 작품 역시 만화로 나올 예정입니다! 스퀘어 에닉스의 《만화

UP!》을 기대해주세요.

이 작품의 가장 큰 매력은 무어라 해도 일러스트를 담당하신 타카야Ki 선생님입니다(물론 작품도 재미있을 겁니다(자화자찬)).

캐릭터도 예쁘고, 섹시한 장면도 많이 있어 두근거립니다.

그림으로 라이트 노벨을 고르시는 분이라도 후회하진 않으실 겁니다.

아무튼, 6권에서 다시 만나 뵐 수 있으면 좋겠네요.

바라건대, 앞으로도 계속 독자 여러분과 후기로 만날 수 있기를.

그럼 앞으로도 잘 부탁드리겠습니다.

Murabitodesuga Nanika? 5
©2018 by Shiraishi Arata
First published in Japan in 2018 by Shiraishi Arata
Korean translation rights reserved by Somy Media, Inc.
Under the license from Micro Magazine Co., Ltd., Tokyo JAPAN

마을사람입니다만 문제라도? 5

2019년 8월 25일 1판 1쇄 인쇄
2019년 9월 1일 1판 1쇄 발행

저 자	시라이시 아라타
일 러 스 트	시라소 파미
옮 긴 이	이서연
발 행 인	유재옥
본 부 장	조병권
담당편집자	조찬희
편 집 1 팀	김민지 이성호 정영길 조찬희
편 집 2 팀	김다솜 지미현
편 집 3 팀	김효연 박상섭 임미나
라이츠담당	박선희, 오유진
디 지 털	최민성, 박지혜
발 행 처	㈜소미미디어
인쇄제작처	코리아피엔피
등 록	제2015-000008호
주 소	서울시 마포구 토정로 222, 403호 (신수동, 한국출판콘텐츠센터)
판 매	㈜소미미디어
마 케 팅	한민지 한주원
전 화	편집부 (070)4164-3962, 3963 기획실 (02)567-3388
	판매 및 마케팅 (02)567-3388, Fax (02)322-7665

ISBN 979-11-6389-858-0 04830
ISBN 979-11-5710-560-1 (세트)